Manfred Hoffmann

AF285784

Träume Tropen Geister

Manfred Hoffmann

Träume

Tropen

Geister

Bibliografische Information der Deutschen
Nationalbibliothek: Die Deutsch National-
Bibliothek verzeichnet diese Publikation in
der Deutschen Nationalbibliografie; detail-
leierte bibliografische Daten sind im Internet
über dnb.dnb.de abrufbar.

Verlag: BoD · Books on Demand GmbH, In de Tarpen 42,
22848 Norderstedt, bod@bod.de
Druck: Libri Plureos GmbH, Friedensallee 273,
22763 Hamburg

ISBN: 978-3-8391-0632-7

Alle Personen oder Unternehmen in dieser Geschichte sind
frei erfunden. Jede Ähnlichkeit mit wirklichen
Personen oder Unternehmen ist Zufall.

Widmung

Das Buch ist meiner Frau, meinen Söhnen und meinen Enkelkindern gewidmet.

Dank

Für ihre große und geduldige Hilfe und Unterstützung gebührt mein besonderer Dank meiner Schwester, sowie meinen Freunden Dr. Ulrich Mösta und Dr. Reinhold Stapf.

Inhalt

Einband: Ahnenfiguren, Höhlen von Nokogiriyama, Japan
Rückseite: Am Felsen festgemacht. Frachtschiff in einer
Bucht der Halbinsel Izu.

Sibirien

Er muss weg! Soweit wie möglich weg von seiner vertrauten Umgebung. Mit seiner Vergangenheit brechen. Alles aufgeben und spurlos verschwinden.

Äußerst angespannt sitzt Karl in seinem Flugzeugsessel. Auf dem Bildschirm vor ihm wird die Reiseroute angezeigt. Als könne er den Flug dadurch beschleunigen starrt er unverwandt auf die dort abgebildete Landkarte und verfolgt, wie sich seine Maschine darüber hinwegbewegt. Doch ihm zum Trotz scheint sie immer langsamer zu fliegen. Seine Geduld wird auf eine harte Probe gestellt. Gequält sieht er sich um. Die meisten Passagiere um ihn herum schlafen. Neidisch sucht auch er nach einer bequemeren Haltung und wälzt sich dazu in seinem Sitz unruhig von einer Seite auf die andere. Vergeblich. Kaum eingenickt, dauert es nicht lange bis sein Kopf mit dem Kinn auf die Brust fällt und ihn wieder hochschrecken lässt. Er ist viel zu aufgewühlt, um Schlaf zu finden. Seine Gedanken drehen sich im Kreis. Wieder und wieder tauchen die gleichen Bilder vor ihm auf. „Ruhestand! Sie Glücklicher! Keine drückenden beruflichen Verpflichtungen oder Ärgernisse mehr, keine unaufschiebbaren Geschäftstermine, keine Mails mit lästigen Anweisungen." Lächelnd wird Karl von seinem Chef verabschiedet. Begeistert ergänzt seine Frau: „Endlich kannst du nun machen, was du willst!" Eben noch deutlich vor Augen verschwimmen die ihm allzu vertrauten Gesichter und lösen sich in der Dunkelheit der Flugzeugkabine auf, verhallen ihre Stimmen im monotonen Dröhnen der Triebwerke.

Ruhestand! Grund zur Freude? Zufriedenheit? Genugtuung? Nicht für ihn. Ganz im Gegenteil! Der Gedanke erschreckt ihn, droht ihn zu ersticken. „Endlich kannst du nun machen, was du willst!" Das klingt zwar gut, doch was will er? Was kann er tun, um sein Leben wieder zu bereichern, bevor es zu Ende ist? Je länger er in den vergangenen Tagen und Wochen seit seinem Ruhestand darüber nachgedacht hatte, desto weniger fand er eine befriedigende Antwort darauf. Soll er sich womöglich damit zufriedengeben, den Rest seines Lebens vor dem Fernsehapparat zu verbringen und mit dem Hund spazieren zu gehen? Eine unerträgliche Vorstellung! Entsetzt hat er die Flucht ergriffen. Nur weg. Soweit wie irgend möglich. „Geht es Ihnen nicht gut?" Sein Sitznachbar, ein Mann in mittleren Jahren, der ebenfalls keinen Schlaf findet, aber mit einem Rotwein entspannt zurückgelehnt einen Film ansieht, blickt ihn besorgt an. „Doch, doch. Es ist alles ok."

Draußen wird es langsam hell. Weit unten kann er die verschneiten Wälder Sibiriens erkennen. Zugefrorene Flüsse verlieren sich in der Weite. Nirgends ist eine Straße, eine Ortschaft oder ein anderes Zeichen menschlichen Lebens zu sehen. Nur dunkle Felsen ragen von Zeit zu Zeit aus dem endlosen Weiß. Gedankenversunken blickt er auf das ferne Land hinab und lässt sein bisheriges Leben an sich genauso vorbeiziehen wie die Landschaft dort unten. Die Bilder ähneln sich: erstarrte, eingefrorene Strukturen. Jede Erinnerung an den einst farbenprächtigen, vor Lebenslust berstenden Aufbruch des sibirischen Frühlings ist längst verblasst und alles in der endlosen Nacht des nordischen Winters versunken. Einzig die flüchtige Dämmerung bewahrt die Hoffnung, dass Licht und Wärme irgendwann einmal zurückkehren werden. Bis dahin gilt es zu überleben. Dabei scheinen die letzten Kräfte von Mensch und Tier allerdings gerade noch auszureichen, bewegungslos in gewohnter, unabänderlich erscheinender Routine zu verharren.

Wie der sibirische Frühling sind auch die Sehnsüchte, Hoffnungen und Illusionen seiner Jugend einem fest gefügten, eintönigen Lebensrhythmus zum Opfer gefallen und in der Dunkelheit eines endlosen Winters verschwunden. Seit vielen

Jahren gab es nichts mehr, was die triste Gleichförmigkeit seines Alltags jemals unterbrochen hatte. Tag für Tag, Monat für Monat, Jahr für Jahr, war immer alles seinen ordnungsgemäßen Gang gegangen: Wohnung, Büro, Wohnung, Einkauf, Spaziergang, vielleicht ein Restaurantbesuch oder Kinoabend. Ein normales Leben, wie es viele führen. Selbst die Urlaube folgten eingefahrenen, fantasielosen Ritualen. Europa hatte er nie verlassen. So sehr er auch in seinen Erinnerungen aus vergangenen Jahren oder gar Jahrzehnten danach sucht, er findet nichts, was ungewöhnlich, abenteuerlich oder irgendwie erwähnenswert gewesen wäre.

Wie alles andere ist auch seine Ehe erstarrt. Er hatte seine Frau einmal sehr geliebt. Doch vieles von dem was ihn einst an ihr faszinierte war im Laufe der Jahre zur Gewohnheit geworden und hatte damit seinen Reiz verloren. Ihr ging es nicht anders und so waren ihre Gefühle für einander mit der Zeit immer mehr abgekühlt. Aus einem Leben miteinander wurde nur noch ein auf banale Alltagsthemen reduziertes Nebeneinander. Jeder verfolgte fast nur noch seine eigenen Interessen. Mit zunehmendem Alter war die Bereitschaft Kompromisse einzugehen auf beiden Seiten geringer geworden. Seine sexuellen Wünsche blieben meist unerfüllt. So waren die bewegten Gefühle, die aufregenden Momente, die knisternde Spannung, die sie einst zusammen geführt hatten verblasst. Routine, Langeweile, Gleichgültigkeit traten häufig an ihre Stelle und beide vernachlässigten die Bedürfnisse und Wünsche des anderen. Schwache Versuche Wege zu finden. um das wieder zu ändern, waren kläglich gescheitert.

Nur der Beruf hatte etwas Bewegung in sein Leben gebracht. Solange er zurückdenken kann, wurde sein Dasein auch stets darauf ausgerichtet und maßgeblich davon geprägt. Sein ganzes Streben galt dem Aufstieg, dem Zuwachs an Gehalt und

Bedeutung. Dafür musste manches Opfer erbracht werden. Stufe für Stufe erklomm er so die Leiter der Firmenhierarchie. Irgendwann schien dabei das Bemühen um Wachstum und Gewinn des Unternehmens sogar zu seinem eigenen Lebensinhalt und Lebensziel geworden zu sein. Für anderes fehlte ihm daher die Zeit oder mehr noch die Energie. So war die Frage, was er sonst gerne machen würde, schon vor langer Zeit verloren gegangen. Ein hoher Preis für flüchtige berufliche Erfolge.

Und nun der Ruhestand. Auf einmal ist der Beruf weggefallen und hat Karl orientierungslos zurückgelassen. Prüft er wie gewohnt morgens im Terminkalender, was er zu erledigen hat, muss er immer wieder erstaunt feststellen: Nichts! Er hat nichts mehr zu sagen, nichts mehr zu berichten, kaum noch etwas zu erzählen. Sein Erfolg interessiert niemand mehr. Schon sehr bald wird sich keiner mehr an ihn erinnern, denn etwas Bleibendes hat er nicht geschaffen. Was er zunächst als „Dauerurlaub" genossen hat, wandelt sich zunehmend in innerliche Leere.

Wenn er doch sein Leben noch einmal neu beginnen könnte! Nichts würde er sich sehnlicher wünschen. Er würde alles in seiner Macht Liegende dafür tun, jedes Opfer bringen, aber leider lässt sich die Vergangenheit nicht mehr zurückholen. Dennoch hat er nicht alle Hoffnung aufgegeben. Vielleicht gelingt es ihm wenigstens in der Zukunft ein neues, anderes Leben zu führen. Nach tagelangem Grübeln ist er zu dem Schluss gekommen, dass das nur gelingen kann, wenn er mit allem Vertrauten bricht, alles Gewohnte aufgibt und seine vertraute heimatliche Umgebung für immer verlässt. Am besten sollte er dazu an einen fernen Ort möglichst auf der anderen Seite der Erde ziehen. Bislang ist er allerdings noch weit davon entfernt, diese schwerwiegende Erkenntnis wirklich umzusetzen.

Je länger er nun wieder darüber nachdenkt, desto vehementer wächst sein Wunsch nach einem Neuanfang. Mit jeder zurückgelegten Meile wird daraus mehr und mehr eine Obsession. Dabei verliert er sich in einer Woge heftiger Emotionen und Fantastereien. Was, wenn er schon diese Reise für einen Neubeginn nutzt, um sein bisheriges Leben hinter sich zu lassen? Da er bislang noch keine Ahnung hat, was ihn in dieser neuen Welt erwartet ist das Risiko, mit seiner Idee zu scheitern und sich nur lächerlich zu machen gewaltig. Er versucht sich ausmalen was geschehen würde, wenn er von dieser Reise nicht zurückkehrte und für immer spurlos verschwunden bliebe. Darüber was mit seinem Freundes- und Bekanntenkreis geschähe macht er sich keine Illusionen. Ihm ist klar, dass die meisten Menschen, die er kennt das nur mit einem Schulterzucken zur Kenntnis nehmen würden, bevor sie wieder zur Tagesordnung übergehen. Selbst seine engen Freunde würden nach mehr oder weniger tiefem Bedauern ihn auch recht bald vergessen. Nahe Verwandte hat er nicht mehr. Und seine Frau? Sie wäre vermutlich der einzige Mensch, den sein Verschwinden wirklich träfe. Für einen Moment stockt sein Atem. Schon allein die Vorstellung was geschähe, wenn er ihr das antäte, lässt ihn erschaudern. „Endlich kannst du nun machen, was du willst", hört er sie erneut freudig rufen. Daran, dass ihr Ausruf für ihn zu einem Albtraum werden und er verschwinden könnte hat sie dabei ganz sicher nicht gedacht.

Das Flugzeug nähert sich Chabarowsk. Deutlich ist die verschneite Stadt an den Ufern des Amur zu erkennen. Eisschollen treiben im Fluss. Fröstelnd zieht Karl seine Decke höher. Was, wenn er bei der Suche nach neuen Lebenszielen feststellen muss, dass es mittlerweile zu spät ist, um seine Sehnsüchte oder Träume noch verwirklichen zu können? Bei dem Gedanken, alle Gelegenheiten dazu möglicherweise bereits verpasst zu haben, läuft es ihm eiskalt über den Rücken. Die Frage danach, was er nicht gemacht hat, ist für ihn vielleicht noch viel besorgniserregender, als die Frage, was er in Zukunft machen will.

Es geht hinaus auf den Pazifik. Sein Blick folgt der Küstenlinie, bis sie sich im Dunst auflöst. Irgendwo dort muss Wladiwostok liegen. Turbulenzen über dem Meer schütteln die Maschine kräftig und erinnern ihn daran, dass das alles kein Traum ist. Diesmal sitzt er wirklich in einem Flugzeug hoch über dem japanischen Meer und nicht daheim im Fernsehsessel. Dort unten, das ist tatsächlich der Ferne Osten und nicht ein Foto auf dem Bildschirm seines PCs. Erst mit dem Wegfall des Berufs war ihm auf einmal bewusst geworden, dass er vermeintlich aufregende Ereignisse und spannende Abenteuer nur im Fernsehen, Kino oder Internet erlebt hatte. Im Laufe der Jahre hatte er sich so sehr daran gewöhnt, dass es ihm immer öfter vorkam, als sei er bei vielem des dort gebotenen Geschehens selber dabei gewesen. Ob TV, Laptop oder Smartphone, in jeder freien Minute saß er vor einem Bildschirm. Ohne, dass er es bis dahin gemerkt hatte, bewegte er sich in seiner Freizeit weithin nur noch in einer virtuellen Welt.

Aufgeschreckt von dieser Erkenntnis hat er sich immer wieder beklommen gefragt, ob das Wenige, was er bislang wirklich selbst erlebt und getan hat, schon alles in seinem Leben gewesen sein soll. Panik kam in ihm auf. Es musste etwas geschehen. Und es musste schnell geschehen. Auch wenn er noch nicht gleich auswandert, hat er beschlossen wenigstens zu reisen. Er will Menschen kennenlernen, die ganz anders denken und leben, als er es bislang gewohnt ist. Endlich Abenteuer tatsächlich selbst erleben. Romantische Bilder von geschäftigen Häfen, stillen Tempeln und exotischen Frauen tauchen vor ihm auf. Erinnerungen an Geschichten aus seiner Kindheit von Piraten auf tropischen Inseln oder Schatzsucher in undurchdringlichem Dschungel wurden wieder wach.

Dennoch wäre er vielleicht nie aufgebrochen, wenn nicht das Schicksal dabei mitgeholfen hätte. Schon kurz nach seinem Ausscheiden hatte seine ehemalige Firma ein langwieriges Problem in Japan zu lösen und niemand gefunden, der dafür monatelang entbehrlich gewesen wäre. So war man zwar überrascht, aber dankbar, als Karl sich dazu bereit erklärte, den Job zu übernehmen, auch wenn er noch nie im Ausland tätig und sein Englisch mäßig war.

Voller Spannung reist er nun also nach Fernost, auf der Suche nach irgendetwas Geheimnisvollem, was ihm in seinem bisherigen Leben möglicherweise entgangen sein könnte. Eine Reise in eine andere, ihm unbekannte Welt.

Tokyo

„Omatase itashimashita. Nihon ni yokoso." „Entschuldigung, dass Sie warten mussten. Willkommen in Japan." Höflich reicht der Beamte am Immigration-Schalter Karl den mit dem Visum abgestempelten Pass zurück. Japan! Endlich! Unergründliche Inselwelt im fernen Pazifik. Mystischer Orient. Das Reich der Kami, 神, jener geheimnisvollen Götter und Geister des Schintoismus. Neugierig sieht er sich um. Doch in der Ankunftshalle muss er enttäuscht feststellen, dass es dort nichts anderes zu sehen gibt als auch auf dem Flughafen, von dem er zwölf Stunden zuvor in Deutschland abgeflogen ist. Werbung für dieselben Fast-Food-Ketten, Menschen in der gleichen Kleidung, die gleiche gereizte Ungeduld in den Gesichtern der Wartenden am noch immer leeren Gepäckband. Das soll Japan sein? Enttäuscht vermag er allerdings nicht zu sagen, was er eigentlich erwartet hat. Schwerter schwingende Samurais? Anmutige Frauen im Kimono? Einen Gong schlagenden Mönch?

Einzig der Kauf eines Bustickets in die Stadt bekommt einen Hauch von Abenteuer und Exotik. Hilflos steht er vor einer verwirrenden Fülle von komplizierten Namen ihm unbekannter Ziele. Er hat keine Ahnung, welches er wählen muss. Da die Frau am Counter zwar besonders freundlich lächelt, aber noch weniger Englisch spricht als er, kann er es auch nicht herausfinden. Doch selbst hier bleiben ihm riskante Experimente versagt. „Mister Karl?" Mit einem verlegenen Lächeln begrüßt ihn schuldbewusst ein lokaler Angestellter seiner Firma, den man zum Flughafen geschickt hat, um ihn abzuholen. *Sorry for being late. Traffic jam, you know…",* „Entschuldigung für die Verspätung. Verkehrsstau, Sie wissen…" Höflich lächelnd nimmt er Karls Koffer. Lächelnd aber schweigsam wartet er auf den Fahrstuhl zum Parkhaus. Am Auto angekommen, wuchtet er das schwere Gepäck mühsam in den Kofferraum. Noch immer lächelnd, wenn auch diesmal etwas gequält. Verbissen bemüht sich Karl, sein Lächeln stets zu erwidern, ihm fehlt dazu aber die seit Urzeiten praktizierte Übung eines Japaners.

Dicht befahrene, vielspurige Autobahnen führen in die Stadt. Triste Industriebauten, hässliche Wohnsilos, von grauen Wolken verhangener Himmel und immer wieder Regen. Nicht viel anders als in Deutschland, geht es Karl durch den Kopf. Im zentralen Stadtteil *Azabu Juban* hat man ihm ein kleines Apartment gemietet. Es ist perfekt auf die Bedürfnisse von auswärtigen Managern abgestimmt, die vorübergehend in Tokyo arbeiten müssen.

Am Abend bummelt er durch die engen Straßen in der Umgebung. Exotisch erscheinen ihm nur die japanischen Schriftzeichen an den kleinen Läden und die, in oft winzigen Restaurants angebotenen Köstlichkeiten, von denen er nicht weiß, ob sie zum Essen oder nur zum Ansehen gedacht sind. In den stets reich bebilderten Speisekarten entdeckt er aber immer wieder auch Pizza, Spaghetti oder Curry-Chicken und andere, nicht gerade japanisch klingende Gerichte. Selbst das Bier schmeckt nicht anders als in Deutschland. Doch dann stößt er endlich auf einen kleinen Schrein[1]. Eingeklemmt zwischen unansehnlichen, mehrstöckigen Gebäuden gleich neben einem Parkplatz, hätte er ihn fast übersehen. In einer Megastadt wie Tokyo wird es selbst für Ahnengeister eng. Wenn auch versteckt und wenig spektakulär, hat er nun aber doch noch ein

---

1 Schintoistische Andachtsstätte, von kleinem Schränkchen bis zu ausgedehnten Gebäudekomplexen

Stückchen von dem Japan gefunden, wie er es eigentlich in seiner Fantasie ausgemalt hatte.

Auch in den nächsten Tagen vermisst er die erwartete Exotik. Eine Fahrt in der Metro unterscheidet sich im Wesentlichen von der daheim nur dadurch, dass alles sauberer ist, als aus Deutschland gewohnt. Nicht anders als in seiner eigenen Stadt sind die meisten Fahrgäste eifrig mit ihrem Handy beschäftigt. Allerdings fallen viele von ihnen unverzüglich in einen komaähnlichen Tiefschlaf sobald sie einen Sitzplatz ergattert haben. Sein Unternehmen hat sich in einem der großen, modernen Bürokomplexe eingemietet, in denen zahllose Firmen residieren.

Am Morgen strömen Hunderte von Angestellten durch den Eingangsbereich, vorbei an Schnellrestaurants, Cafés und den unvermeidlichen *Convenience-Stores*[2] , in denen man von Aspirin bis zu Zeitungen alles kaufen kann, was man zum täglichen Leben benötigt. Sogar seine Stromrechnung kann man dort bezahlen. Niemand muss unnötig Arbeitszeit verlieren. Selbst an den abgelegensten Orten und abenteuerlichsten Plätzen sorgen sie dafür, dass niemand verdursten oder verhungern muss. Immer wieder staunt Karl, wie vorbildlich Japan überall organisiert ist. Er bewundert, wie man stets bemüht ist, Produkte oder Verfahren zu optimieren. Doch wehe, es muss etwas neu geregelt oder improvisiert werden. Vor allem bei Letzterem überkommt Japanern das pure Grauen. Eisern wird an gewohnten Abläufen festgehalten. Jeder Wandel droht bei seinen Kollegen schwerste, seelische Schäden zu verursachen.

---

[2] Japanische Ladenketten mit elementaren Produkten, oft 24 Stunden geöffnet (Lawson, Seven-Eleven, Family-Mart etc.)

Dennoch findet sich Karl im Büro schnell zurecht. Die Mitarbeiter sind freundlich und hilfsbereit. Höflich und fleißig folgen sie seinen Anordnungen. Vor allem stellt er aber erstaunt fest, dass er schon seines Alters wegen besonders respektiert wird; eine für ihn höchst ungewohnte Erfahrung. Seinem Naturell entsprechend, und so, wie er es immer getan hat, schafft er für jede Veränderung sehr bald standardisierte Abläufe, hält sie in umfangreichen Anweisungen akribisch genau fest, lässt sie in die Landessprache übersetzen und sorgt schnell wieder für Routine. Damit hat er offenbar die japanische Seele getroffen. Voller Begeisterung vergessen die Mitarbeiter darüber sogar, dass er ihnen eine ganze Reihe von Erneuerungen zugemutet hat. Schon nach kurzer Zeit läuft alles, wie es bei ihm immer lief. So spürt er kaum, dass er es eigentlich mit Menschen zu tun hat, deren Sprache, Mentalität, Kultur und Tradition ihm völlig fremd sind, Menschen die sonst ganz anders denken, als er.

Nach Büroschluss verlässt er wiederum gemeinsam mit Hunderten von anderen Menschen, die nun aus allen Fahrstühlen quillen, das Gebäude und drängt in die überfüllte Metro. Am Abend sitzt er meist im Starbucks Café nahe dem modernen Einkaufszentrum Roppongi Hills. Dort gibt es auch Zeitschriften, Bücher, Videos oder Musik-CDs zu kaufen. Bis in die späte Nacht belebt, ist es zu einem beliebten Treffpunkt für viele Nachtschwärmer geworden. Vor allem junge Leute verbringen dort Stunden mit ihrem Laptop oder Tablet. Da die üblicherweise winzig kleinen Wohnungen häufig auch noch mit mehreren anderen geteilt werden müssen, finden sie hier den notwendigen Platz, um zu arbeiten, lernen, im Internet zu surfen oder mit Freunden zu chatten. „Latte macchiato" vor sich, wie aus dem heimatlichen Starbucks gewöhnt, beobachtet Karl das Treiben um sich herum. Dabei kommt er jeden Abend zu derselben, ernüchternden Erkenntnis, dass sich sein Alltag selbst auf einer Insel auf der anderen Seite der Erde von dem in Deutschland eigentlich kaum unterscheidet. Weit und breit sind weder Exotik noch Abenteuer in Sicht.

Dann geschieht aber etwas, was ihn doch aus den gewohnten Bahnen bringen soll. Wieder ist es Abend und wieder sitzt er im Starbucks. Müde von einem anstrengenden Arbeitstag wandert sein Blick über die Menschen an den Tischen um sich. Das übliche Publikum. Er will sich gerade gelangweilt abwenden, um in einer Zeitschrift zu blättern, da entdeckt er weit von sich entfernt, halb verborgen von einer Säule eine Frau, die seine ganze Aufmerksamkeit erregt. Obwohl er sie nur für einen kurzen Moment sehen kann, fühlt er sich von ihr auf unerklärlicherweise magisch angezogen. Plötzlich hellwach, versucht er mehr von ihr zu erkennen. Doch in den Büchern aus den Regalen neben ihrem Tisch blätternde Kunden verstellen ihm ständig die Sicht.

Eine rätselhafte Unruhe, dass die Frau womöglich wieder verschwunden sein könnte, bevor er sie überhaupt wirklich betrachten konnte, lässt ihn schließlich sogar aufstehen, um mit dem Kaffeebecher in der Hand in ihre Richtung zu schlendern. Doch seine Sorge war unnötig. Die Frau hat sich an ihrem Tisch häuslich eingerichtet und beabsichtigt ganz offenbar länger zu bleiben. Vor ihr steht ein Laptop, daneben stapeln sich Unterlagen. Neben einem Kaffee „Big-Size" liegt ein Fotoapparat. Die Frau dürfte Anfang vierzig sein, von sportlichem Typ, aber zugleich ausgesprochen elegant. Ihr Gesicht verrät europäische und asiatische Vorfahren. Dabei verweisen ihr dichtes, dunkles Haar auf die asiatischen, ihre Größe und die helle Haut auf die europäischen Wurzeln. Sie trägt ein schlichtes Kostüm und grazile Schuhe mit hohen Absätzen. Der kurze, enge Rock verbirgt dabei nur wenig von ihren hübschen Beinen. Dennoch wirkt sie reserviert und unnahbar. Große, ausdrucksvolle Augen sehen sich aufmerksam um. Neben ihrer unwiderstehlichen erotischen Ausstrahlung sind es vor allem diese Augen, die Karl vom ersten Moment an zutiefst fasziniert haben.

Wie hypnotisiert setzt er sich an einen freien Tisch in ihrer Nähe und beobachtet, wie sie eifrig auf ihren Laptop arbeitet. Mit gerunzelter Stirn, die üppigen Lippen immer wieder gespitzt, sieht sie lange Fotoreihen durch und macht sich offenbar Notizen dazu. Ihr Handy summt. Mit leicht rauchiger Stimme führt sie ein kurzes Gespräch in fließendem Französisch.

Karl rätselt, was sie beruflich tun mag. Ob sie einen Vortrag vorbereitet, den sie als Professorin morgen in der Uni halten wird? Vielleicht hat sie aber auch einen Vorschlag erarbeitet, den sie in ihrer Werbeagentur präsentieren wird? Gebannt verfolgt Karl jede ihrer Bewegungen. Schließlich räumt sie zusammen und steht auf. Züchtig zieht sie ihren etwas hochgerutschten Rock zurecht und fährt sich mit den Händen durch das offene Haar. Als sie auf dem Weg zum Ausgang an ihm vorbeigeht, schenkt sie ihm ein vielsagendes Lächeln, das deutlich verrät, dass ihr sein Interesse keineswegs entgangen ist, obwohl sie nie erkennbar zu ihm herübergeblickt hat. Verwirrt bleibt Karl zurück.

Halb in Trance strebt er heimwärts. Nur wenige Menschen sind jetzt noch unterwegs. Tief in Gedanken versunken, den Blick nur auf das Pflaster vor sich gerichtet, eilt er durch die leeren Straßen. In den Pfützen spiegelt sich das Licht der Straßenlaternen. Wieder und wieder hat er die Frau vor Augen. Er kommt einfach nicht von ihr los. Was mag mit ihm geschehen sein? Wie kann er einer Frau willenlos verfallen, ohne ein einziges Wort mit ihr gesprochen zu haben? Ruckartig hebt er den Kopf und schaut nach vorne. Ihr verfallen sein... was für ein Unsinn! Hirngespinste! Sicher ist er einfach übermüdet und hat bereits geträumt. Doch seine triefend nasse Kleidung und die feuchten Schuhe lassen keinen Zweifel daran, dass zumindest der strömende Regen weder Traum noch Einbildung ist.

Hokkaido

Einige Tage später muss Karl auf Japans Nordinsel Hokkaido fliegen, um mit der dortigen Vertretung verschiedene Sachen zu klären. Er ist früh fertig und beschließt deshalb, den nahe bei Sapporo gelegenen Hafen Otaru zu besuchen und dort zu Abend zu essen. Als er am Spätnachmittag ankommt, wird es schon dunkel. Ein eisiger Wind peitscht durch die Straßen. Heftige Regenschauer nehmen Karl immer wieder die Sicht. Er hat den Eindruck, nach Sibirien zurückgekehrt zu sein. Mit hochgeschlagenem Kragen eilt er vom Bahnhof zum Otaru-Kanal. Düstere Nebelschwaden treiben dort dicht über das Wasser. Schemenhaft erkennt er eine Reihe ausgedienter Lagerhäuser. Dem Beispiel anderer Hafenstädte folgend, hat man sie mit Geschäften und Restaurants in ein beliebtes Freizeitzentrum verwandelt. Bei dem Wetter hat es viele Menschen unter die schützenden Dächer der Gebäude getrieben. Es wimmelt von Russen. Auch hier drinnen könnte man daher meinen, in Sibirien zu sein. Offenbar ist eines der Fährschiffe aus Sachalin eingelaufen. Angeregt durch dieses, für ihn ungewohnte Publikum, sucht sich Karl ein Restaurant aus, in dem das Angebot russischer Küche viele Besucher von der Nachbarinsel jenseits des Ochotskischen Meeres anzieht. Es ist noch etwas früh für ein Abendessen, und so gibt es erst wenige Gäste. Nur zwei, drei Tische sind besetzt. An der langen Theke einer Bar steht eine Gruppe von Angestellten in einheitlich grauen Anzügen, weißen Hemden und unauffälligen Krawatten zusammen. „*Sarariman*", erläutert ihm ein Japaner vom Nachbartisch, der seinen Blicken gefolgt ist. „Salarymen?" Karl hat den seltsamen, aus dem Englischen abgeleiteten Begriff für Büroangestellte schon öfter gehört „*Hai, hai. Sarariman... Toshiba...*" „Ja, ja. *Sarariman...* Toshiba..." Die meisten solcher, in die japanische Sprache übernommenen Fremdworte, sind selbst für den Ausländer, aus dessen Muttersprache sie stammen, kaum noch verständlich. Belustigt und zugleich mitleidig beobachtet Karl, wie die ihn an Soldaten erinnernden Angestellten beim gemeinsamen Bier für kurze Zeit aus ihrer starren Ordnung und hierarchisch zugewiesenen Rolle fallen dürfen. Der Mann am Nachbartisch würde Karl gerne mehr dazu erklären, doch ihm fehlen jegliche Fremdsprachenkenntnisse. So muss es bei einem gegenseitigen, freundlichen Lächeln bleiben.

Ein anderer an seinem Tisch springt ein. Er kann ein wenig Englisch und deutet auf die *„Salarymen"*. „Die Leute dort gehören Toshiba." Schmunzelnd will Karl ihn korrigieren. „Sie meinen, sie arbeiten für *Toshiba*?" „Nicht nur. *Toshiba* ist für sie wie eine große Familie, in die sie eng eingebunden sind, und wenn sich Japan nicht revolutionär verändert, wird das bis zu meinem Tode auch so bleiben." Verblüfft spürt Karl die Leidenschaft, mit der der Japaner offensichtlich zu solchen traditionellen Lebensformen steht. Karl mutet das eher anachronistisch an. Bei dem Gedanken an eine solche lebenslange, einseitige Abhängigkeit ist er froh, nicht in Japan geboren zu sein. Allerdings müssen sich diese Menschen nicht wie er das Gehirn darüber zermartern, was sie in ihrem Leben noch tun und erreichen wollen. Für sie entscheidet das *Toshiba*.

„Die Regeln sind hier vielleicht anders, als bei dir zu Hause. Woher kommst du?" „Aus Deutschland." *„Doitsu"*, wiederholt der Japaner bedächtig, verbeugt sich höflich und lächelt Karl an: „Deutschland ist ein wundervolles Land!" „Warst du denn schon einmal dort?" „Nein." „Was weißt du dann über Deutschland?", fragt Karl neugierig weiter. Schweigen. Der Japaner denkt angestrengt nach. „Eigentlich nichts...". Diesmal folgt ein verlegenes Lächeln. „Ach doch, natürlich, wie konnte ich so dumm sein und das vergessen: Ihr habt tolle Fußballer und hervorragende Autos." Erleichtert und stolz lehnt er sich zurück. „Und da ist noch das Oktoberfest. Das haben wir hier übrigens auch." „Kampai[3]" Lachend prosten nun alle vom Nebentisch Karl zu.

Eine dunkelhaarige Frau in langem Mantel betritt das Restaurant. Karl bemerkt sie erst als sie mit dem Rücken zu ihm an der Bar steht. Mit einer eleganten Bewegung streift sie ihren Mantel ab. Als sie sich dabei zu ihm umdreht, fährt er wie vom Blitz getroffen auf. Dort steht die Frau aus dem Starbucks in Roppongi. Es kann nur sie sein. Diese faszinierenden Augen sind einfach unverwechselbar. Ihre neugierigen und lebendigen Blicke sind die gleichen, wie bei der ersten Begegnung. Doch sonst hat sie sich völlig verändert. Wieder trägt sie einen kurzen Rock, doch diesmal betonen hohe Stiefel den Reiz ihrer Beine. Unter einer enganliegenden Bluse zeichnen sich ihre Körperrundungen deutlich sichtbar ab. Das Gesicht hat sie auffällig stark geschminkt. Sie bestellt einen Wein, leert das Glas und bedeutet dem Barmann es wieder zu füllen. Nervös sieht sie ständig auf ihre Uhr. Schließlich steht sie auf und verschwindet in der Damentoilette. Als sie zurückkommt, hat sie den Lippenstift nachgezogen und die Bluse so weit aufgeknöpft, dass ihr knapper BH nicht mehr zu übersehen ist. Selbst den sehr kurzen Rock hat sie noch ein Stück hochgeschoben.

Eine Gruppe von Russen, drei Männer und acht oder neun Frauen, hat sich am Eingang versammelt und drängt nun ebenfalls an die Bar. Die Männer wirken ungeschliffen, primitiv, brutal. Ihre kräftigen Körper sind stark tätowiert. Verschüchtert stehen die Frauen hinter ihnen und mustern unsicher die fremde Umgebung. Sie sind fast alle blond und

---

[3] Japanisch Prost

höchstens Anfang zwanzig. Die meisten von ihnen machen einen müden und erschöpften Eindruck. Alles spricht dafür, dass auch sie mit dem Fährschiff gekommen sind. Die Russen haben Karls Traumfrau bislang nicht weiter beachtet. Obwohl sie ebenfalls kein Interesse für die Neuankömmlinge erkennen lässt, hat er dennoch den Eindruck, dass sie auf die drei Männer sogar gewartet hat. Als sie einen neuen Drink bestellt, wird einer von ihnen auf sie aufmerksam und spricht sie an. Mit einem anzüglichen Lächeln antwortet sie ihm. Leider sitzt Karl viel zu weit weg, um etwas von ihrer Unterhaltung mithören zu können. Vermutlich führen sie ihr Gespräch aber ohnehin in einer Sprache die er nicht versteht. Wieder redet der Russe auf sie ein. Bevor sie antwortet, fährt sie sich mit beiden Händen durch ihr Haar, wie sie es oft tut. Dabei lehnt sie sich nun aber so weit zurück, dass sein Blick zwangsläufig in ihr großzügiges Dekolleté fallen muss. Im weiteren Gespräch mustern beide die jungen Frauen und der Russe gibt ihr dazu irgendwelche Erläuterungen. Sie nickt und dreht sich nach ihrem Weinglas um. Auch der Russe wendet sich wieder seinen Partnern zu. Offenbar geht es den Männern nun aber um Karls Märchenfee. Jedenfalls blicken jetzt auch die beiden anderen immer wieder zu ihr hinüber. Sie bittet den Barkeeper um Stift und Papier und schreibt irgendetwas auf. Lächelnd faltet sie es zusammen und schiebt es dem Mann zu, mit dem sie zuvor gesprochen hat. Wohl keine Professorin oder Managerin, sondern eher ein Callgirl, geht es Karl etwas enttäuscht durch den Kopf. Schade! Doch auch das ändert nichts an seinen Empfindungen für sie. Er bleibt von ihr genauso gefangen wie zuvor.

Der Mann neben ihr zieht seine Brieftasche heraus, um das Papier von ihr einzustecken. Als er dazu seine Jacke öffnet, meint Karl für einen kurzen Moment eine Pistole gesehen zu haben, die unter ihr verborgen in seinem Gürtel steckt. Hoch besorgt verfolgt er das weitere Geschehen und hofft inständig, dass sie nicht zu naiv ist, um zu merken, wie gefährlich die Kerle sein können, mit denen sie sich da einlässt. ...

Eifersüchtig muss Karl zusehen, wie der Russe neben ihr nun mit seiner Hand über ihren Oberschenkel fährt. Doch zu seiner Freude schüttelt sie lächelnd den Kopf, zahlt, streift sich ihren Mantel über und verlässt souverän das Lokal. Frustriert blickt der Russe ihr nach. Doch im nächsten Augenblick gilt seine ganze Aufmerksamkeit mehreren Japanern, die das Restaurant betreten. Offenbar haben sie sich hier mit den Russen verabredet, um zusammen irgendwo anders hinzugehen. Man begrüßt sich und bricht gemeinsam auf. Als sie weg sind, nimmt Karl nun wieder die Welt um sich herum wahr. Das Restaurant ist mittlerweile voller Gäste und er merkt, dass er hungrig ist.

Tokyo

Zurück in Tokyo sitzt Karl nun Abend für Abend im Starbucks und hofft darauf, dass seine Angebetete dort vielleicht noch einmal auftaucht. Jedes Mal, wenn neue Gäste das Café betreten, schaut er erwartungsvoll auf, um enttäuscht feststellen zu müssen, dass sie nicht dabei ist. Wieder und wieder wandern seine Blicke über die Tische, um zu prüfen, ob er sie nicht doch irgendwo übersehen hat. Doch sie kommt nicht mehr. Vielleicht hat sie ein anderes Café gefunden oder die Stadt verlassen. Er versucht, die Gedanken an sie zu verdrängen, doch es gelingt ihm einfach nicht. Seine Sehnsucht wächst mit jedem weiteren Tag und besorgt fragt er sich erneut, was eigentlich mit ihm geschieht. Hat ihn diese Frau verhext? Er erinnert sich an zahlreiche Erzählungen und Berichte über die Rätsel Asiens. Sollte er nun selbst von geheimnisvollen Zauberkräften eines Schamanen besessen sein? Möglicherweise ist er auch Opfer irgendwelcher Kami geworden, die mit seinen Empfindungen vergnügte Spiele treiben und sich dabei köstlich amüsieren. Sollte er es tatsächlich mit fernöstlichen Mysterien zu tun haben oder nur mit erotischen Fantasien eines alten Mannes?

Doch gerade als er das Gefühl gewinnt, sich langsam von all dem befreien zu können und zu sich selbst zurückzufinden, ist sie plötzlich wieder da. Wie bei der ersten Begegnung sitzt sie an einem der Tische im Starbucks und arbeitet am Laptop, als wäre sie nie weg gewesen. Eine kultivierte, ernste und tugendhafte Karrierefrau, an der nichts an ein leichtfertiges Callgirl denken lässt. Im Gegenteil. Besonders streng und sittsam gekleidet erscheint sie noch unnahbarer als bei der ersten Begegnung hier. Diesmal wirkt sie zudem seltsam fremd und geheimnisvoll auf ihn. Oder bildet er sich das nur ein? Gehört er vielleicht auch zu jenen Europäern, die sich von einer Asiatin vor allem deshalb faszinieren lassen, weil sie in ihr etwas aufregend Rätselhaftes zu erkennen glauben, auch wenn sie es gar nicht hat? Mit ihrem distanzierten Auftritt und dem Bemühen, ihre Gefühle hinter einer undurchdringlichen Maske zu verbergen, mag sie traditionelle Anstandsregeln Asiens befolgen zu wollen. Doch es gelingt ihr nicht. Trotz ihres versteinerten Gesichts und ohne, dass sie es verhindern kann, verraten ihre betörenden Augen unverblümt Abenteuerhunger, Lebenslust und Leidenschaft.

Aufgewühlt von ihrem Anblick überlegt Karl fiebernd, ob und wie er die Frau endlich ansprechen soll, bevor sie sich womöglich erneut in Rauch auflöst. Er hat sich schon erhoben, um zu ihr gehen, als ihm auf einmal bewusstwird, dass er den Altersunterschied völlig verdrängt hat. Möglicherweise sieht sie in ihm nur einen ergrauten Mann, der ihr Vater sein könnte und begegnet ihm mit entsprechender Distanz. Oder, schlimmer noch, macht er sich bei ihr einfach lächerlich. Verunsichert setzt er sich wieder hin. Während er noch um eine Entscheidung ringt, steht sie plötzlich auf und kommt auf ihn zu. Sein Atem stockt, sein Herz droht stillzustehen, als sie ihn anspricht. „Haben Sie Feuer?" Erwartungsvoll hält sie ihm ihre Zigarette entgegen. Er ist wie gelähmt. „Warum starren sie mich so an, ist etwas nicht in Ordnung?" „Sie, Sie sind einfach ... einfach faszinierend!" Selbst überrascht von seiner Antwort erwartet er eine zurechtweisende Bemerkung und fürchtet, dass sie sich verärgert von ihm abwendet. Doch sie lächelt ihn freundlich an. „Dann setzen Sie sich doch zu mir und wir trinken gemeinsam einen Kaffee."

Als er an ihren Tisch umgezogen ist, nimmt sie das Gespräch wieder auf. „Also, nun müssen Sie mir verraten, was Sie an mir fasziniert". Ihre selbstsichere, charmante Art bringt ihn fast schon wieder aus der Fassung. Obwohl er viel älter ist, kommt er sich auf einmal wie ein verliebter Schüler vor. Doch endlich fängt er sich wieder, und beide führen ein angeregtes Gespräch bis tief in die Nacht. Er erfährt von ihr, dass sie in Vietnam geboren und aufgewachsen ist. Ihre Mutter stammte aus dem Süden Vietnams. Ihr Vater war Franzose. So hat sie auch einen französischen Pass. Ihre Jugend hat sie im Mekongdelta verbracht, bis die Eltern nach Saigon umgezogen sind. Ihr vietnamesischer Name ist Bian, was sinnigerweise wohl „geheimnisvoll" bedeutet. In ihren französischen Papieren steht jedoch Veronique. Nach dem Schulabschluss ist sie nach Frankreich gegangen und hat in Paris studiert. Seit Jahren arbeitet sie nun in Tokyo als freie Journalistin und Asienkorrespondentin eines französischen Magazins. Zurzeit recherchiert sie für eine größere Reportage. Sie verrät aber nicht, worum es sich dabei handelt. Obwohl sie und seine Frau nichts Erkennbares gemein haben, gibt es seltsamerweise doch irgendetwas an ihr, das ihn an seine Frau erinnert. Er weiß nicht warum, doch er muss immer wieder daran denken, wie er ihr das erste Mal begegnet war. Ob ihn sein schlechtes Gewissen ihr gegenüber dazu treibt?

Von sich erzählt er nicht viel. Es gibt kaum etwas zu berichten, was sie interessieren könnte. Den Ruhestand lässt er unerwähnt. Nicht nur die Sorge, dadurch in ihren Augen womöglich langweilig, noch älter und damit gänzlich unattraktiv zu werden, hält ihn davon ab. Auch das Gefühl, dass das Geschehen und seine Empfindungen der letzten Wochen eigentlich genau das Gegenteil von „Ruhe" sind, bestärkt ihn darin, sich diesem Altersstand noch nicht zugehörig zu fühlen. Der Abend vergeht für ihn wie im Fluge. Schließlich drängt sie zum Aufbruch. „Es ist schon verdammt spät!" Sie packt ihre Sachen ein und nimmt ihren Mantel. „Ein netter Abend! Sicher treffen wir uns hier bald einmal wieder." Mit einem betörenden Blick aus den Augenwinkeln haucht sie ihm ein „Gute Nacht " zu und eilt zum Ausgang. „Aber Veronique..." Ehe er noch etwas sagen kann, ist sie schon verschwunden. „Gute Nacht Bian", ruft er ihr lautlos hinterher. Auf dem Weg zu seinem Apartment muss er wieder an seine Beobachtungen in Otaru denken. Ob ihr Auftritt dort zu ihren Recherchen gehörte? Trotz seiner brennenden Neugier hat er es aber nicht gewagt, sie darauf anzusprechen. Wenn sie ihn dort gesehen hätte, würde sie das sicher erwähnt haben. Doch sie hat nicht die geringste Andeutung dazu gemacht. So kommen ihm wieder Zweifel, ob sie wirklich die Frau war, die er in Otaru für sie gehalten hat. Vielleicht hatte es diese Frau dort nicht einmal gegeben, hatte er einfach nur von ihr geträumt.

Das Schicksal will es jedoch, dass er nur wenige Tage später der Frau aus Otaru in einem Lokal in Roppongi wieder begegnen soll. Oder waren es nicht das Schicksal, sondern irgendwelche unsichtbaren Geister, die ihn dorthin gelenkt haben? Es ist Freitagabend. Eigentlich hatte Karl sich mit Kollegen verabredet, um für das Wochenende gemeinsam an die Küste zu fahren. Seinen Rucksack neben sich sitzt er an der verabredeten Stelle und wartet auf das Auto mit dem sie ihn hier abholen wollen. In einem Park hinter ihm steht ein kleiner Schrein. Ein ganzer Schwarm von Krähen umfliegt laut krächzend das alte Gebäude. Fasziniert verfolgt er wie die großen, schwarzen Vögel sich ganz plötzlich auf irgendetwas Geheimnisvolles stürzen, das sie magisch anzuziehen scheint. Von einem Bambuszaun verborgen kann er aber nicht erkennen, was es ist. Neugierig läuft er zu dem Zaun und findet ein Loch, durch das er die Vögel beobachten kann. Aufgeregt flattern sie um etwas herum, das er aber auch von hier nicht erkennen kann. Seine ganze Aufmerksamkeit darauf gerichtet herauszufinden, was das Verhalten der Vögel erklärt, verpasst er seine Kollegen. Da sie ihn nirgends sehen und auch auf seinem

Handy nicht erreichen können, gehen sie davon aus, dass er es sich anders überlegt hat, und fahren ohne ihn weiter. Kaum sind sie weg, fliegen auch die Krähen davon. Enttäuscht und verärgert bleibt Karl am mittlerweile menschenleeren Schrein zurück. Fast könnte man meinen, die mystischen Vögel hätten nur für ihn ein besonderes Schauspiel veranstaltet, um zu verhindern, dass er die Stadt verlässt. Frustriert muss er nach einem Alternativprogramm suchen. So landet er schließlich in Roppongi. Wie an jedem Freitagabend drängen sich dort zahllose Menschen durch die Straßen des vor allem bei Ausländern beliebten Vergnügungsviertels. Die vielen Restaurants, Bars und Klubs sind brechend voll. Seit dem Ende der Kirschblüte ist es wie gewöhnlich langsam wärmer geworden und immer mehr Menschen beleben auch die Straßen. Junge Paare bummeln an den Geschäften vorbei. Auf der Suche nach Izakayas, den typischen Bierlokalen Japans, bemühen sich Ausländer meist vergeblich herauszufinden, was sich hinter den *Kanji*[4] *und Katakana-Schriftzeichen*[5] unzähliger Leuchtreklamen verbirgt. Geschäftsleute ziehen durch die Bars und Klubs, Frauen aus verschiedensten Nationen warten auf Kunden. Mühsam wimmelt Karl einen der schwarzen Schlepper aus Ghana oder Nigeria ab, der ihn partout in einen der Nachtklubs drängen will. Im „Motown", einem beliebten Nightspot, stehen die Gäste schon auf der engen Eingangstreppe Schlange. Stück für Stück dringt Karl nach oben und bis zur Theke vor. Irgendwann hält er sogar einen Gin Tonic in der Hand. Fast hätte er ihn jedoch gleich wieder fallen lassen. Nur wenige Meter von ihm entfernt, zwischen den vielen Menschen eingeklemmt, entdeckt er Veronique.

---

[4] Aus dem Chinesischen übernommene Schriftzeichen
[5] Japanische Silbenschrift

Sie ist wie in Otaru geschminkt und trägt ein aufreizendes Top, das deutlich zu erkennen gibt, dass sie den BH heute weggelassen hat. Fassungslos heften sich seine Blicke an ihren Körper. Als sie ihn freudig begrüßt, hat er nun die Gewissheit, dass Veronique zugleich auch die Frau aus Otaru ist. Sie macht keinerlei Anstalten, ihren krassen äußerlichen Wandel zu erklären. Im Gegenteil vermittelt sie den Eindruck als sei das für sie das Normalste auf der Welt. Dem Umfeld angepasst, ist sie wie selbstverständlich zum Du übergegangen. Munter unterhält sie sich mit ihm, bis ein Japaner in Begleitung eines Russen zu ihnen stoßen. Sie stellt ihm die beiden als Bekannte vor, mit denen sie hier verabredet sei. Was sie den beiden erklärt, wer er ist, bekommt er im Lärm nicht mit. Überrascht mustert Karl ihre Begleiter. Der Japaner ist deutlich älter als sie und hat bereits weit mehr graue als schwarze Haare. Er trägt einen teuren Anzug und eine mit Diamanten besetzte, kitschige, aber wohl besonders teure Markenuhr. An seiner rechten Hand fehlt ein Finger, als habe man ihn, wie bei der japanischen Mafia, der Yakuza, üblich, als Strafe für Verrat oder anderer Vergehen an ihrem Ehrenkodex abgehackt. Der Russe ist wesentlich jünger, von gedrungener Gestalt und macht einen primitiven Eindruck. Er unterscheidet sich kaum von denen, die er in Otaru beobachtet hat. Wie jene ist auch er überall tätowiert. Karl ist völlig rätselhaft, was Veronique mit diesen beiden Männern verbindet. Er kann sich kaum jemand vorstellen, der weniger zu ihr passt. Zumindest zu der gebildeten und eleganten Veronique aus dem Starbucks. Wenn überhaupt, dann schon eher zu der provokativ gekleideten, sich jetzt auch noch betont obszön gebenden Veronique vor ihm.

Sie hat sich nun weitgehend von Karl abgewandt, um sich fast nur noch den beiden anderen Männern zu widmen. Gemeinsam mit ihnen schüttet sie irgendein, offenbar scharfes

Getränk in sich hinein. Ihr Gelächter wird immer lauter, ihre Stimme immer rauer und besonders auffällig versucht sie, sich mit den beiden Männern darin zu übertreffen, unanständige Geschichten oder zotige Witze zu erzählen. Dass Karl sprachlos danebensteht, stört sie in keiner Weise. Er überlegt, ob es für ihn nicht Zeit ist, zu gehen. Doch da sie ihm keine Signale dazu gibt, siegt seine Neugier. Vielleicht ist es auch die Eifersucht. Jedenfalls bleibt er, und irgendetwas in ihm sagt ihm, dass sie das sogar will. Ausgelassen klopft sie dem Russen auf die Schulter und legt dann auch dem Japaner ihren Arm um den Hals. Dabei verschüttet sie ihren halben Drink über ihr ohnehin schon ziemlich durchsichtiges Top und macht es damit endgültig unsichtbar. Aus der dezenten, unnahbaren Journalistin ist eine hemmungslose, vulgäre Hure geworden. Schließlich verabschieden sich die beiden. „Du viel große Glück!" Der Russe klopft Karl auf die Schulter und mustert Veronique noch einmal lustvoll. „Diese Nutte in Bett bestimmt sehr einmalig." Dann strebt er zum Ausgang. Der Japaner übernimmt die Rechnung und folgt ihm. „Ich werde dich, sobald wie möglich anrufen". Veronique nickt und schenkt ihm noch ein verführerisches Lächeln.

Als die beiden verschwunden sind, drückt Veronique Karls Hand. „Danke, dass Du mitgespielt hast." Sie wirkt plötzlich völlig nüchtern und ernst. „Ich musste den beiden eine Prostituierte vorspielen. Mein Job lässt mir keine andere Wahl." „Und mich hast du zu deinem Kunden gemacht?" „Bist du mir deshalb böse?" „Was willst du von diesen Typen?" „Nicht jetzt, nicht heute! Vielleicht erzähle ich es dir ein andermal." Sie holt ihren Mantel aus der Garderobe und zieht ihn an. Von der Otaru-Frau sind nun nur noch etwas verlaufene Reste der Schminke in ihrem Gesicht übriggeblieben. Das Lokal ist fast leer, als die beiden gehen.

Noch lange liegt Karl hellwach auf seinem Bett. Aufgewühlt denkt er über das Erlebte nach. Was mag sie umtreiben, sich mit solchen Typen einzulassen? Er ist höchst beeindruckt von ihren schauspielerischen Fähigkeiten, fasziniert davon, wie es ihr absolut überzeugend gelungen ist, sich in eine leichtfertige, verruchte Hure zu verwandeln. Doch vielleicht war das gar nicht gespielt. Genauso gut könnte stattdessen ihr Auftritt als seriöse Journalistin das Theaterstück gewesen sein. Alles an der geheimnisvollen Frau bleibt verwirrend, rätselhaft, mysteriös. Genauso mysteriös wie das Spiel der Krähen am alten Schrein.

Izu Hanto

Ob er eigentlich schon etwas von Japan außerhalb Tokyos kennengelernt hat, fragt ihn Veronique, als sie sich wiedertreffen. „Nein. Außer einem Besuch in Hokkaido nichts." Sie kann es kaum glauben, dass er in all den Wochen, die er nun in Tokyo ist, die Stadt nur einmal verlassen hat. „Ich muss in den nächsten Tagen nach Izu, einer Halbinsel westlich von Tokyo, fahren. Willst du mich nicht begleiten?"

Natürlich will er! Auf einer viel befahrenen Autobahn geht es nach Südwesten. Endlose, triste Stadtlandschaften ziehen vorbei. Doch irgendwann bleibt die zersiedelte Ebene endlich hinter ihnen zurück. An ihre Stelle treten steile Berge und enge Schluchten von undurchdringlichem Grün bedeckt. Begeistert blicken sich beide an, als sich vor ihnen der verschneite Fuji-san[6] majestätisch aus den dunklen Wäldern in den strahlendblauen Himmel erhebt. Fasziniert beobachten sie, wie er mit jedem Kilometer, den sie näherkommen, größer und größer wird, hinter jeder Kurve immer gewaltiger erscheint. Selbst als sie von der Autobahn abfahren und auf der schmalen, kurvenreichen Straße an der Westküste der Izu-Halbinsel den Vulkan wieder weit hinter sich lassen, bleibt er im Dunst über dem Meer noch lange sichtbar.

Sie erreichen den kleinen Fischerort Heda und folgen der malerischen, wild zerklüfteten Küste. Mächtige Felsen werden von den Wellen des Pazifiks tosend umspült. Gischt fliegt über bizarre Gesteinsformationen, die schwarz aus dem silbrig spiegelnden Meer ragen. Staunend erlebt Karl, dass es auch in Japan grandiose Landschaften und einsame Gegenden gibt.

---

[6] Das angehängte „-san" ist eine Höflichkeitsform bei der persönlichen Ansprache oder verehrte Plätze wie der Vulkan

In den engen, von schroff abfallenden Bergen umgebenen Buchten liegen neben den Booten der Fischer auch immer wieder größere Frachtschiffe vor Anker. Man fragt sich nicht nur, was sie dort hintreibt, sondern oft auch, wie sie diese Ankerplätze überhaupt erreichen konnten, ohne an den überall bedrohlich aus dem Wasser ragenden Felsen zu zerschellen.

Veronique kennt sich hier offenbar ganz gut aus. Jedenfalls weiß sie genau, wohin sie will. Ausgerechnet an einer Stelle, an der die Küstenstraße über hohe Klippen weit oberhalb des Meeres hinwegführt, biegt sie plötzlich überraschend von ihr ab. Sie folgt einer engen, schlammigen Fahrspur durch urwaldartigen Busch und dichte Bambuswälder hinab in eine von steilen Felswänden eingeschlossene Bucht. An einer halb verfallenen Pier endet der Weg. Zwei Fischerboote dümpeln dort im Wasser. Zerrissene Netze, leere Flaschen, Kisten, Reste von Schiffsleinen. Dahinter ein paar baufällige Hütten. Nirgends ist ein Mensch zu sehen. Karl blickt sich neugierig um. In einer Nische einer nahen Felswand, verborgen hinter mächtigen alten Zedern, hat man einen kleinen Schrein errichtet. Nur ein hell leuchtendes, rotes Torii[7] macht darauf aufmerksam. Das spiegelglatte Wasser in der Bucht glitzert im Sonnenlicht. Erst jetzt fällt ihm ein großes Frachtschiff auf, das wenige hundert Meter von ihm im Schatten und Schutz hoher Felsen auf der anderen Seite der Bucht vor Anker liegt. Sein Name ist kaum noch lesbar. 黒丸 „Kuro Maru[8]", „Schwarze Maru" Auch dort ist niemand zu sehen. Der rostige, alte Seelenverkäufer wirkt so, als habe seine Besatzung ihn schon vor geraumer Zeit aufgegeben und verlassen.

---

[7] Torrahmen, üblicherweise vor dem Eingang zu einem Schrein.
[8] Für japanische Schiffsnahmen gebrauchter Annex

Veronique klettert auf einen ausgedienten Bootsrumpf. Begeistert blickt sie sich um. Ihre Augen leuchten. Vergeblich versucht sie, ihr Haar zu bändigen, doch es wirbelt wie wild im Seewind. Sie ist barfuß. Ein zerschlissenes, kurzes Jeanskleid bedeckt nur notdürftig ihre braun gebrannten Beine, ihre wohlgeformten Brüste, ihren aufreizenden Körper, und gibt ihr etwas besonders Verwegenes. Enthemmt verstößt sie gegen alle japanischen Konventionen. Als sie an einer zersplitterten Planke hängen bleibt, befreit sie sich mit einem kräftigen Ruck. Weder ein klaffender Riss in ihrem Kleid noch eine kleine Wunde darunter stören sie in irgendeiner Weise. Ihre ganze Aufmerksamkeit gehört unverändert nur der Bucht und dem Meer. Anstelle der seriösen Geschäftsfrau im Starbucks steht diesmal eine leidenschaftliche Abenteuerin vor ihm. „Schön hier, nicht?" Sie lächelt ihn an. Fasziniert von ihrem Anblick fehlen ihm die Worte. Er nickt und setzt sich auf den Boden neben dem Boot. Schweigend blicken beide eine Weile auf das Wasser. „Und was hast du nun im Sinn?" Neugierig sieht er zu ihr auf. „In zwei, drei Stunden müsste jemand kommen, mit dem ich zu einem Interview auf das Schiff da herüberfahren muss." Karl sieht sie erstaunt an. „Was gibt es denn dort zu sehen oder zu berichten?" Keine Antwort. „Nun, ich wollte schon immer mal ein Frachtschiff von innen sehen", bemerkt er resigniert mehr zu sich als zu ihr. Sie schreckt aus ihren Gedanken auf. „Nein, nein, ich muss das alleine machen und wieder die Prostituierte spielen. Die Leute dort dürfen auf keinen Fall erfahren, dass ich Journalistin bin! Schon der Verdacht könnte fatale Folgen für mich haben. " „Dann bin ich eben wieder dein Kunde." „Nein, sei nicht albern, das ist kein Spiel. Die Gefahr, dass uns das keiner abnimmt ist viel zu hoch." Sie überlegt einen Augenblick. „Am besten, wir trennen uns und du lässt dich von ihnen erst gar nicht sehen. Bevor sie hier erscheinen, solltest du auf dem Wanderpfad, der etwas oberhalb in den Bergen der Küste folgt, verschwunden sein. Er führt an dem Schrein dort vorbei. Siehst du ihn?" Sie zeigt auf das rote Torii und er bemerkt jetzt einen Weg, der neben den Zedern im Gebüsch verschwindet. „In ein oder zwei Stunden erreichst du in der nächsten Bucht ein kleines Dorf. Dort treffen wir uns bei Einbruch der Dunkelheit." Er protestiert und will sie auf keinen Fall in dieser Situation alleine hier zurücklassen.

Doch alle seine Bemühungen sind erfolglos. Die Augen jetzt hinter einer Sonnenbrille verborgen, grell geschminkt und in aufreizender Haltung sitzt sie eine Stunde später allein auf dem Wrack an der Pier und wartet auf die Ankunft ihrer mysteriösen Interviewpartner. Karl hat sich auf dem Wanderweg weit entfernt einen Platz gesucht, wo er von der Pier aus nicht gesehen werden kann, jedoch selbst die ganze Bucht übersieht. Möwen fliegen vorbei und stoßen laute, krächzende Schreie aus, als ob sie vor drohendem Unheil warnen wollen.

Es dauert nicht lange, da kommt ein großer schwarzer Toyota mit abgedunkelten Scheiben langsam den Weg von der Hauptstraße heruntergefahren und stoppt vor der Pier. Der Fahrer, ein junger athletischer Kerl, springt aus dem Auto und öffnet die hintere Wagentür. Unterwürfig hilft er einem grauhaarigen Japaner beim Aussteigen. Karl glaubt, in ihm den Mann aus dem Motown wiederzuerkennen, doch er ist zu weit weg, um das sicher sagen zu können. Der Mann geht auf Veronique zu und begrüßt sie. Mittlerweile hat sich auch an Deck drüben auf dem Schiff etwas getan. Ein Mann mit wirrem langem Haar ist an die Reling getreten und hat sich gähnend gestreckt. Offenbar ist er gerade erst von einem langen Mittagsschlaf aufgewacht. Zwei andere erscheinen an Deck und klettern eilig über die Bordwand hinab in ein Boot. Das Boot legt ab und kommt in schneller Fahrt auf die Pier zugefahren, um die beiden Männer aus dem Toyota und Veronique aufzunehmen und zum Schiff herüber zu bringen.

Höchst besorgt um Veronique beobachtet Karl, wie sie mit den Männern unter Deck verschwindet. Alles in ihm sträubt sich dagegen, seinen Platz zu verlassen. Auf keinen Fall will er sich auf den Weg ins nächste Dorf machen, bevor er nicht sicher ist, dass sie das Schiff unversehrt wieder verlassen hat. Im Gegenteil. Nachdem sich auf der Pier mehrere alte Fischer eingefunden haben, um sich um ihre Boote zu kümmern, folgt er einer inneren Stimme und läuft hinunter zur Pier. Vorsichtshalber setzt er seine dunkle Sonnenbrille auf und zieht seine Kappe tiefer ins Gesicht. Er hat die Pier noch nicht erreicht, da kommt ein weiteres Fahrzeug, diesmal ein Jeep, angefahren und hält unweit von ihm. Drei finstere Typen steigen aus. Sie beachten jedoch weder die Fischer noch ihn, sondern eilen zu dem Boot, dass zurückgekehrt ist, um sie ebenfalls überzusetzen. Als sie weg sind, versucht Karl, mit den Fischern ins Gespräch zu kommen, doch sie sprechen kein Englisch. Freundlich lächeln sie ihn an. Sind das wirklich harmlose Fischer? Gemeinsam mit Karl blicken sie hinüber zum Schiff. Ihre Gesichter verfinstern sich. „Bad gaijin" „Böse Ausländer", ist alles, was sie ihm vermitteln können. Dabei lassen sie deutlich erkennen, dass sie die Bemerkung ernst meinen. Karl atmet auf, denn er kann nun wohl einigermaßen sicher davon ausgehen, dass sie mit den Männern dort drüben nichts zu tun haben und keine Gefahr für ihn bedeuten. Die Minuten vergehen für ihn so zäh wie nie zuvor. Immer wieder starrt er auf das Deck des Schiffes und wartet ungeduldig darauf, dass Veronique erscheint. Was, wenn ihr irgendetwas geschieht? Vergewaltigung, Entführung, Verschleppung, diese Männer scheinen ihm zu allem fähig zu sein, und er kann ihr in keiner Weise helfen. Endlich bewegt sich etwas auf dem Schiff. Unter den Menschen, die das Deck betreten, kann er jetzt auch Veronique und den ergrauten Japaner ausmachen. Erleichtert verfolgt er, wie kurz darauf das Boot ablegt und mit ihnen auf die Pier zukommt.

Veronique kann ihre Überraschung gerade noch verbergen, als sie Karl zwischen den Fischern entdeckt. Verärgert wendet sie ihren Blick rasch wieder von ihm ab. Das Boot legt an und sie verabschiedet sich von ihrem japanischen Begleiter. Plötzlich ertönen Schreie vom Deck des Schiffes. Der Japaner und sein Fahrer drehen sich um und versuchen, zu verstehen, was man ihnen zuruft. Angespannt verfolgt Karl, wie Männer in das eben zum Schiff zurückgekehrte Boot springen und auf die Pier zurasen. Es sind wieder die drei aus dem Jeep. Erschrocken blickt er auf, als er merkt, dass Veronique sich ihm nun unauffällig nähert. Dabei zieht sie kaum merkbar etwas aus ihrer Handtasche. Im Vorbeigehen drückt sie ihm blitzschnell einen kleinen Fotoapparat in die Hand. Die drei Männer im Boot sind noch zu weit entfernt, um irgendetwas davon mitzubekommen. Der Japaner steht mit dem Rücken zu ihr und richtet seine ganze Aufmerksamkeit auf seine sich rasch nähernden Leute. Wortlos und ohne Karl weiter zu beachten, läuft Veronique zügig auf ihr Auto zu. Sie hat es fast erreicht, als das Boot an der Pier längsseits geht. Aufgeregt deuten die drei Männer nun auf sie. Der Japaner dreht sich nach ihr um und ruft sie zu sich zurück. „Iwami-san, einer meiner Männer behauptet, er habe beobachtet, wie du auf dem Schiff Fotos gemacht hast." Seine Stimme ist zwar immer noch freundlich, aber scharf. Veronique lächelt ihn an. „Wozu sollte ich Fotos machen und womit?" Ihre Stimme klingt fest und gelassen. „Zeig deine Handtasche!", raunt er sie an. Gehorsam reicht sie ihm die Handtasche. Er durchwühlt sie und gibt sie ihr wieder zurück. „Sie wird nicht so dumm sein, den Fotoapparat in ihre Handtasche zu tun." Brutal greifen sie zwei der Männer und tasten sie am ganzen Körper wieder und wieder ab. Es fehlt nicht viel, um ihr dabei die Kleidung vom Leib zu reißen. Karl kann sich nur mit Mühe bremsen, doch ein Eingreifen wäre nicht nur sinnlos, sondern würde auch alle ihre bisherigen Bemühungen zunichtemachen. Er sollte vielmehr vermeiden, womöglich in die Nachforschungen einbezogen zu werden. Während alle Augen gespannt die Durchsuchung Veroniques verfolgen, verschwindet er unbemerkt auf dem Wanderpfad.

Frustriert nichts gefunden zu haben, lassen die Männer schließlich von ihr ab. Nach der erfolglosen Aktion kommt der Japaner wohl zu dem Schluss, dass seine Leute sich geirrt haben müssen. Unbehelligt lässt er Veronique nun in ihr Auto steigen und fährt selbst auch davon. Die drei zurückgebliebenen Männer geben jedoch noch immer nicht auf. Sorgfältig suchen sie den Weg vom Boot zu dem Platz, an dem ihr Auto stand, noch einmal ab. Sogar die alten Fischer werden misstrauisch gemustert und gefragt, ob sie einen Fotoapparat gefunden haben. Einen Moment lang hat Karl den Eindruck, dass sie sich auch suchend nach ihm umsehen. Sollten sie seine Anwesenheit doch wahrgenommen haben? Jedenfalls war es sicher ein sehr weiser Entschluss, sich rechtzeitig vom Schauplatz zurückgezogen zu haben.

Eilig macht er sich nun auf den Weg in die hinter einem mächtigen Bergrücken gelegene nächste Bucht. Der Pfad führt zunächst steil bergauf. An körperlichen Einsatz wenig gewöhnt, ringt er sehr bald nach Luft. Keuchend kämpft er sich immer mühsamer den Berg hoch. Dabei hatte Veroniques Wegbeschreibung so geklungen, als erwarte ihn ein kurzer Sonntagsspaziergang. Schmerzlich wird ihm wieder einmal bewusst, dass er viel älter, als sie ist. Doch gerade diese Einsicht verleiht ihm zugleich erstaunliche, ungeahnte Kräfte. Die Begegnung mit Veronique hat ihn auf geheimnisvolle Weise deutlich sichtbar verjüngt, schon längst verfallen geglaubte Energien und Fähigkeiten neu erweckt.

Als er den oberen Rand der Klippen erreicht, wird der Weg wieder ebener. Erleichtert atmet er auf. Über dem Meer geht die Sonne glutrot unter. Doch für die Schönheit dieses Schauspiels hat er jetzt keinen Nerv. Besorgt, in die Dunkelheit zu kommen und den Weg nicht mehr zu finden, hastet er voran. Endlich gibt der Wald den Blick auf die Nachbarbucht frei. Weit unterhalb von seinem Standort kann er die Häuser des Dorfes erkennen, wo er Veronique treffen soll. Erschöpft aber das Ziel nun vor Augen, gönnt er sich eine kurze Pause.

Nachdenklich betrachtet er den Fotoapparat. Behutsam, als sei er hochzerbrechlich oder könne jeden Moment zu Staub zerfallen, dreht er ihn hin und her. Schließlich wird seine Neugier übermächtig. Er schaltet ihn ein und betrachtet aufgeregt die Fotos. Tatsächlich hat Veronique es geschafft, die Besatzung und die Männer aus dem Jeep offenbar unbemerkt zu fotografieren. Durch ein Bullauge hat sie auch den Boss aus dem Toyota deutlich festgehalten, als er an Deck mit einem Mitglied der Besatzung, vermutlich dem Kapitän des Schiffes, in ein Gespräch vertieft war. Außerdem gibt es noch Fotos von einem Deck mit ungewöhnlich vielen schmalen Kojen. Durch einen engen Gang getrennt, sind jeweils drei übereinander eingebaut, sodass dort eine beachtliche Zahl von Menschen untergebracht werden kann. Auf einem Foto ist ein schäbiger, primitiver Waschraum mit mehreren Waschbecken und verschmutzten Klos an der Rückwand zu erkennen. Wie mag sie es geschafft haben, das alles zu fotografieren, ohne dabei erwischt zu werden? Er bewundert zutiefst ihren Mut und ihre Kaltblütigkeit. Aber wozu das alles? Als er den Fotoapparat wieder sicher verstaut, wird ihm plötzlich erst wirklich bewusst, dass er nun offenbar mitten in einem möglicherweise riskanten Abenteuer steckt.

Schleunigst bricht er wieder auf. Der Weg ist in der Dämmerung immer weniger zu erkennen. Es geht nun steil bergab. Er stolpert über Wurzeln. Ein Zweig trifft ihn schmerzhaft im Auge. Als er endlich das kleine Dorf erreicht, ist es stockdunkel. Nur eine Straße und eine kleine Mole sind spärlich beleuchtet. Kein Mensch ist mehr zu sehen. Wäre nicht hinter einigen wenigen Fenstern Licht, könnte er glauben, einen Geisterort betreten zu haben. Er sieht sich um. Wo mag er hier Veronique finden? Vielleicht hat sie es aufgegeben, auf ihn zu warten. Oder die Männer mit dem Jeep haben sie noch einmal abgefangen. Er fragt sich, was er nun tun kann. An einem der Häuser anzuklopfen und um Unterkunft oder Transport zu einem größeren Ort zu bitten, dürfte sinnlos sein. Würde man ihm überhaupt öffnen, wäre eine Verständigung ohne Japanisch sicherlich unmöglich. Ratlos setzt er sich auf eine kleine Mauer an der Mole und schaut auf die Bucht hinaus, als könne von dort eine Eingebung kommen, was er tun soll.

Tatsächlich huscht plötzlich ein Lichtschein über die schwarze Wasserfläche, ist aber sofort wieder erloschen. Überrascht dreht er sich um und versucht herauszufinden, woher er gestammt haben kann. Alles ist und bleibt jedoch finster. Ein oder zwei Minuten vergehen, dann leuchten die Scheinwerfer eines in der Dunkelheit parkenden Autos für einen kurzen Augenblick auf. Das kann eigentlich nur Veronique sein. Wer sonst sollte ihm so ein Signal geben? Nach kurzem Zögern entschließt er sich, vorsichtig auf das Auto zuzugehen. Nichts bewegt sich, kein Geräusch. Als er das Fahrzeug erreicht, öffnet sich lautlos die Beifahrertür. „Vielleicht doch eine Falle", schießt es ihm durch den Kopf. Obwohl das Innenlicht abgeschaltet ist, erkennt er schemenhaft Veronique, die über den

Nebensitz gebeugt, noch immer die Beifahrertür aufhält. Erleichtert springt er zu ihr in das Fahrzeug. Schweigend sieht sie sich vorsichtig um und startet dann den Motor.

„Dir ist hoffentlich niemand gefolgt? " „Ich glaube nicht. Wer sollte mir denn gefolgt sein?" „Mit denen ist nicht zu spaßen, es sind gefährliche Kriminelle. Zähe Profis. Mich hätte nicht gewundert, wenn sie noch irgendwo Wachen aufgestellt hätten, die wir nicht bemerkt haben". Auf diese Idee ist Karl bisher noch nicht gekommen. Ein kalter Schauder läuft ihm über den Rücken, als er sich eine Begegnung mit irgendwelchen bewaffneten Gangstern auf dem einsamen Wanderweg vorstellt. „Und dir?" „Wohl auch nicht." Ihm entgeht jedoch nicht, dass sie immer wieder in den Rückspiegel blickt. Weit und breit gibt es jedoch kein anderes Autolicht. Dennoch lässt ihre Anspannung erst nach, als sie eine Weile auf der Küstenstraße gefahren sind und sich vom Schauplatz immer weiter entfernen. „Uns dürfte wohl keiner zusammen gesehen haben." Die Bemerkung schien mehr an sich selbst als an Karl gerichtet zu sein. Erleichtert atmet sie auf. „Hast du den Fotoapparat?" Erwartungsvoll sieht sie ihn aus den Augenwinkeln an. „Natürlich. Alles ok. Hier ist er." Er holt ihn aus der Tasche und zeigt ihn ihr. „Du bist ein Schatz!" Sie drückt seine Hand. Das Scheinwerferlicht eines entgegenkommenden Autos huscht über ihr Gesicht und er wird mit einem besonders liebevollen Lächeln belohnt.

Da er nun, wenn auch unfreiwillig, zu ihrem Komplizen geworden ist, entschließt sie sich endlich dazu, die Stunden der eintönigen nächtlichen Rückfahrt nach Tokyo dafür zu nutzen, ihm etwas mehr über all die geheimnisvollen Vorgänge zu verraten. Schon seit längerem verfolgt sie einen japanischen Verbrecherring, der Frauen zur Prostitution in das Land schmuggelt. Zum Teil arbeitet er mit russischen Partnern zusammen, die Frauen vor allem aus Wladiwostok, aber auch anderen Plätzen Russlands, aus der Ukraine oder Rumänien beschaffen. Aber die Bande hat auch Partner in Südostasien, um dort ebenfalls an die begehrte menschliche Ware zu gelangen. Jeder Kundenwunsch soll erfüllt werden können. Um an den Schlepperring heranzukommen, musste sie das Vertrauen einiger möglichst führender Mitglieder der Bande gewinnen. So war sie auf die wahnwitzige Idee verfallen, sich ihnen als vermeintliche Insiderin zu nähern. Dabei war sie sich des hohen Risikos bewusst, damit aufzufliegen, oder in dieser Rolle womöglich viel weiter mitspielen zu müssen, als sie eigentlich will. Dennoch hatten beruflicher Ehrgeiz, aber auch ihre nicht zu übersehende Abenteuerlust alle Zweifel und Bedenken besiegt. Sie erfand ihre Legende einer Prostituierten, die zwar aufgrund ihres fortschreitenden Alters nicht mehr regelmäßig ihrem Beruf nachgeht, doch dazu bereit ist, noch sporadisch in der Szene mitzumischen und dabei ihre Erfahrungen zu nutzen. Da die Gangster dringend Hilfe im Umgang mit den jungen, neu angeworbenen Frauen benötigten, interessierte man sich sehr bald für sie. Eine erfahrene Frau aus der Szene als Partnerin erschien ihnen Gold wert zu sein.

Der grauhaarige Tanaka, einer der führenden Bandenchefs, wurde ihr ständiger Kontakt und Ansprechpartner. Obgleich er nicht der oberste Chef der Bande ist, sprechen ihn seine Leute mit Shachou-san[9] an. Seine Auftraggeber bleiben im Dunklen. Je mehr über eine mögliche Rolle für Veronique und die Aufgaben, die sie übernehmen soll, gesprochen wird, desto mehr erfährt sie über die Struktur der Verbrecherbande, deren Partner, ihr Vorgehen und ihre Absichten. Nun hat sie

---

[9] Oberster Boss eines Unternehmens

auch das Schiff kennengelernt, auf dem ein Teil der Frauen transportiert werden.

Allerdings wird man von ihr über kurz oder lang mehr als nur Absichtserklärungen erwarten. Sie steckt mittlerweile so tief in dem Geschehen, dass sie bedingungslos mitspielen muss, wenn sie nicht auffliegen will. Längst sagt ihr daher der Verstand, dass es höchste Zeit wäre, wieder auszusteigen und schleunigst von der Bildfläche zu verschwinden. Das gilt zumal, da sie eigentlich eine großartige Story für ihre Zeitschrift schon längst zusammen hat. Dennoch treibt sie ein geheimnisvoller Zwang immer wieder dazu, doch noch einen Schritt weiter zu gehen. Auch mit ihr scheinen die Kami ein, zumindest für sich unterhaltsames und spannendes Spiel mit dem Feuer zu spielen.

Tokyo

Wenige Tage später erwartet Tanaka Veronique in seinem Büro. Es ist das erste Mal, dass sie ihn dort treffen soll und dazu die Adresse erfährt. Das Taxi bringt sie zu einem hässlichen, unauffälligen Gebäude irgendwo in *Meguro*. Etwas zögerlich aber doch entschlossen geht sie hinein. Eine düstere Eingangshalle wirkt wie ein Mausoleum. Die Firmenschilder an der Wand erinnern an Grabsteine. Ein Marmorboden vervollständigt die morbide Stimmung. Für einen Moment kommen ihr Zweifel, ob sie nicht doch lieber umkehren sollte. Doch was sie nun einmal begonnen hat, will sie auch zu Ende bringen. Als engagierte und erfolgreiche Journalistin muss sie bereit sein, Risiken einzugehen. Dem Firmenschild folgend fährt sie in den fünften Stock. Auch dort ist weit und breit niemand zu sehen oder zu hören. An der dem Eingang gegenüber liegender Wand hängt ein Schild „Kansei Import Export KK". Das ist der Name der Firma, den man ihr genannt hat. Sie muss hier richtig sein. Wie oft in Rezeptionen in Japan steht unter dem Firmenschild ein Telefon. Tasten gibt es nicht. Sie nimmt den Hörer ab und wartet, was geschieht. Es summt und nach einer Weile meldet sich eine unfreundliche, fast rabiat klingende Frauenstimme. „Hallo. Wer sind Sie, was wollen Sie?" „Ich bin mit Herrn Tanaka verabredet." Und wer sind Sie?" „Sagen Sie ihm Veronique wartet auf ihn." Keine Antwort. „Hallo?" Nichts. Veronique sieht sich um. Der Raum ist bis auf einen Stuhl leer. Es gibt kein Bild, keine Pflanze. Nichts. Zwei Türen führen in das Innere des Büros. Veronique versucht, eine zu öffnen, um zu sehen, ob es nicht irgendwo einen lebenden Menschen gibt, der ihr weiterhilft. Sie ist verschlossen. Auch die andere Tür lässt sich nicht öffnen. Da ertönt wieder die Stimme, diesmal aus einem kleinen Lautsprecher neben dem Telefon. „Warum setzen Sie sich nicht?" Überrascht sucht Veronique den Raum ab. Tatsächlich entdeckt sie in einer Ecke unter der Decke eine Videokamera. Sie ärgert sich, dass sie nicht an so etwas gedacht hat. Höchst unprofessionell. Endlich meldet sich die resolute Empfangsdame erneut. „Herrn Tanaka ist etwas Dringendes dazwischengekommen. Er hat jetzt leider keine Zeit und bittet Sie heute Abend in seine Wohnung zu kommen. Neben dem Telefon liegt etwas zum Schreiben. Wenn Sie sich die Adresse notieren wollen..." Sie nennt Veronique die Adresse und legt ohne jede Verabschiedung auf. Verärgert verlässt Veronique das Büro. Ob Tanaka misstrauisch geworden ist? Ahnt er gar etwas von ihrem wirklichen Beruf?

Als sie Karl später trifft und von ihrem Erlebnis erzählt, ist er außer sich. „Du gehst auf keinen Fall alleine heute Abend dorthin!" „Und wer soll mit mir gehen?" Fragend blickt sie ihn mit ihren betörenden Augen an. Ohne wirklich nachgedacht zu haben, was er da sagt, kann er nicht anders, als den Helden zu spielen. „Ich, dein Zuhälter und Kunde." „Du bist verrückt. Er hat mich alleine zu einem Arbeitsgespräch eingeladen. Das Risiko, dass man uns das Rollenspiel nicht abnimmt, ist viel zu groß." „Und was ist mit der Gefahr, dass Tanaka dich zu sich nach Hause eingeladen hat, um sich mit dir zu amüsieren?" „Das halte ich für höchst unwahrscheinlich. Dazu ist er zu sehr Profi. Außerdem habe das Gefühl, dass er mit Frauen nicht mehr viel anfangen kann. Sollte er es dennoch vorhaben, wirst auch du es aber auch nicht verhindern können." Karl wundert sich etwas über die Ruhe und Gelassenheit, mit der sie über ein solches Szenario redet. „Wenn ich dabei bin, erhöht das vielleicht seine Hemmschwelle." „Traust du dir denn zu, diese Rolle wirklich übernehmen zu können? Dir ist hoffentlich klar, dass wir es mit hochgefährlichen Verbrechern zu tun haben?" Natürlich hat Karl bei etwas nüchterner Überlegung mittlerweile begriffen, auf was er sich mit seinem voreiligen Angebot eingelassen hat, und es innerlich längst bereut. Doch jetzt muss er dazu stehen. Würde er das nicht tun, könnte er weder Veronique noch sich selbst jemals wieder in die Augen blicken. Aus dem Ton, in dem sie die Fragen stellt, meint er sich deutlich herauszuhören, dass sie sich wirklich wohler fühlen würde, wenn er sie begleitet und sie nicht alleine dorthin gehen muss. Das ganze Unternehmen einfach abzublasen kommt ihr jedoch nicht einen Moment in den Sinn.

So fahren beide am Abend zu der angegebenen Adresse in einem der teuersten Wohngebiete der Stadt. Tanaka bewohnt dort das sündhaft teure Penthouse eines modernen, luxuriösen Gebäudes. Natürlich ist er überrascht darüber, dass Veronique nicht alleine kommt, und macht keinen Hehl daraus, dass ihm das nicht passt. Er hat Karl sofort wiedererkannt. „Was macht denn dein Freund und Kunde hier? Ich denke, wir wollten über unser Geschäft reden?" „Karl ist ein enger Vertrauter von mir und berät mich in allen möglichen Angelegenheiten. Du kannst ihm voll vertrauen." „Also dein Zuhälter?" „Sagen wir lieber mein Freund." „Dein Zuhälter macht tatsächlich nicht den Eindruck, als könne er dich in dem Geschäft wirklich beschützen." Karl kocht vor Wut und überlegt noch wie er reagieren soll, als Veronique bereits antwortet. „Du solltest ihn nicht unterschätzen. Es müssen nicht immer Schlägertypen sein, die gefährlich werden können." Jetzt schaltet sich auch Karl in das Gespräch ein. Er schafft es, ausgesprochen gelassen zu erscheinen. Mit ruhiger, aber fester Stimme und gebieterischer Gestik wirkt er sogar recht überzeugend. Dennoch zählt für Männer wie Tanaka nur die deutlich sichtbare Gewaltbereitschaft, um ernstgenommen zu werden. „Lass es gut sein Veronique. Wir müssen keine Erklärungen über uns geben. Wie unsere Feinde werden auch unsere Freunde und Partner schon selbst merken, wann und wem wir gefährlich werden können. Ich denke, wir sind hier um über Geschäfte zu reden und nicht über mich."

„Sehr richtig. Setzt euch." Er weist auf eine wuchtige Sitzgruppe. „Einen Drink? Sake? Whisky? Gin Tonic? Tequila?" Karl sieht sich um. Er ist schwer beeindruckt. So ein Luxusapartment hat er noch nie gesehen und hier auch nicht erwartet, ist er doch an die winzigen Wohnungen der „normalen" Menschen in Tokyo gewöhnt. Eine breite, weit offenstehende Glastür führt auf eine Dachterrasse von gewaltigen Ausmaßen. Eine erfrischende Seebrise weht bis in die Räume. Von hier oben hat man einen Traumblick über das Lichtermeer der Stadt und kann weit auf die Tokyo Bucht hinaussehen. Zwischen üppigen, hohen Topfpflanzen stehen Liegen. Sonnenschirme sorgen tagsüber für Schatten. Die Inneneinrichtung im Wohnbereich ist teuer aber stillos und zum Teil kitschig. Große Vasen, Porzellanfiguren und viele bunte Farben wirken chinesisch. Ein aufreizend gekleidetes Hausmädchen betritt den Raum und bringt die Drinks. Sie ist keine Japanerin. Vermutlich stammt sie aus Südostasien. Hohe Absätze und ein kurzer Rock betonen nicht nur ihre wohlgeformten Beine, sondern sorgen auch dafür, dass sie deutlich größer erscheint, als sie ist. Ihr tiefschwarzes Haar reicht bis über den Rock. Tanaka entgehen Karls Blicke auf die Frau nicht. „Das ist Gabrielle. Sie stammt von den Philippinen und sorgt hier für meine Gäste. Aber jetzt lassen Sie uns über das Geschäft reden." Aus seinen Erläuterungen erfährt Karl, dass das Schiff, auf dem Veronique war in Kürze nach Vietnam und Borneo auslaufen wird. Von dort sollen einheimische Frauen heimlich nach Japan gebracht werden. Dabei handle es sich um Prostituierte, die sich ein Vermögen davon versprechen, eine Zeit lang hier zu arbeiten. Sie haben jedoch kein Geld für die Reise und scheuen die Visaformalitäten, zumal man ihnen erklärt hat, dass nach den

Bedingungen des Visums, dass sie im besten Falle bekommen könnten, ihre Tätigkeit ebenfalls illegal wäre. Hinzu kommt, dass sie in Japan niemand kennen und die Sprache nicht sprechen. Bei den extremen Mieten hätten sie daher erhebliche Probleme, eine Unterkunft zu finden. So sorgen Tanaka und seine Leute dafür, dass alle diese Probleme gelöst werden. Über die anfallende Gegenleistung erklärt er wenig. Allein die Wohnung, in der sie sich befinden lässt jedoch deutlich erkennen, dass die Frauen vermutlich einen erheblichen Teil ihrer Einnahmen dafür bei ihm abliefern müssen. Er benötigt dringend eine Frau die sich in dem Milieu auskennt und für verschiedenste Aufgaben eingesetzt werden kann, für die Männer weniger geeignet sind. In einer vermeintlich erfahrenen Hure wie Veronique, die nicht nur dazu bereit ist, mitzumachen, sondern auch noch gebildet und umtriebig zu sein scheint, sieht er genau die Person, die er sucht.

Immer wieder kommt Gabrielle und sorgt dafür, dass die Gläser stets gefüllt sind. Sie wollen gerade über ihre Aufgaben und die Vergütung sprechen, als plötzlich zwei Männer den Raum betreten. Karl und Veronique erkennen sie natürlich sofort wieder. Es sind die Kerle, die Veronique so brutal durchsucht haben. „Das sind zwei meiner zuverlässigsten Leute, Iwami-san und Jack-san." Mit süffisantem Lächeln setzt er noch hinzu: „Aber ich brauche sie dir ja wohl nicht mehr vorstellen. Du hast die beiden auf dem Schiff ja schon kennengelernt. Du wirst sie bei deiner Arbeit noch sehr zu schätzen wissen." Rüde fährt der als Iwami-san vorgestellte Mann Gabrielle an: „Wir verdursten! Bewege deinen geilen Hintern und bring uns unsere Drinks! Aber fix!" Abgesehen von dem Gegenstand der Geschäfte hatte Karl das Treffen bisher fast wie ein kultiviertes Bewerbungsgespräch empfunden. Seine Anspannung vom Beginn des Besuchs war gerade weitgehend gewichen.

Die Anwesenheit der zwei primitiven und brutal wirkenden Helfer holen ihn abrupt wieder in die Wirklichkeit zurück und erinnern ihn daran, dass er es hier mit Kriminellen zu tun hat. Mit ihren Lederjacken, Cowboystiefeln, nietenbesetzten Gürteln, über gewaltige Muskelpakete gezwängten, schulterfreien T-Shirts und zahllosen Tätowierungen entsprechen die beiden perfekt dem Bild, wie man sich Gangster vorstellt. In der Umgebung des luxuriösen Apartments wirken sie als völlige Fremdkörper. Doch so sehr sie sich äußerlich von dem charmant und gesittet auftretenden Tanaka unterscheiden mögen, im Zweifel ist er der brutalste von ihnen.

Neugierig betrachten Tanakas Helfer den nicht mehr ganz jungen Unbekannten. „Das ist Karl ..." Und mit einem verächtlichen Lächeln setzt er nach einer kurzen Pause hinzu: „... der Zuhälter von Veronique." Deutlicher könnte er kaum ausdrücken, dass er ihn in dieser Funktion in keiner Weise ernst nimmt. „Sagen wir besser ein Freund", korrigiert ihn Veronique. „Ich arbeite nicht mehr als Hure und benötige keinen Zuhälter mehr." Die beiden Männer berichten Tanaka kurz von irgendeinem Auftrag, den sie wunschgemäß erledigt haben. Tanaka nickt zufrieden. Als seien sie hier zu Hause ziehen sich Jack und Iwami auf die Terrasse zurück und lassen sich auf die Liegen dort fallen. Vielleicht wohnen sogar auch sie hier.

Tanaka nimmt den Gesprächsfaden wieder auf. Sie gehen die Aufgaben, die Veronique übernehmen soll im Einzelnen durch. Dabei erfahren Veronique und Karl zahllose Einzelheiten über die dunklen Geschäfte der Bande. Ihre Idee, eine Prostituierte zu spielen, um an die gewünschten Informationen zu gelangen scheint recht genial gewesen zu sein. Karl kann es immer wieder kaum glauben, dass das was er hier erlebt kein Kinofilm, sondern brutale Wirklichkeit ist. Wie brutal soll er schon wenig später erfahren.

Auch wenn sie immer wieder versucht haben Gabrielles Drinks zurückzuweisen, müssen sie mittlerweile doch mit erheblichen Mühen gegen die Trunkenheit ankämpfen. Sie dürfen jetzt bloß keinen Fehler machen, der die Glaubwürdigkeit ihrer Legenden gefährden oder ihre wahren Absichten entlarven könnte. Schließlich erhebt sich Tanaka. „Dann sind wir uns also soweit einig. Lass uns also auf gute Zusammenarbeit anstoßen." Karl würdigt er dabei mit keinem Blick.

Sie gehen auf die Terrasse heraus. Gabrielle bringt wieder volle Gläser. „Veronique ist nun eure neue Kollegin! Mit ihren einschlägigen Erfahrungen wird sie uns von großem Wert sein." Jack und sein Komplize vermitteln nicht den Eindruck, als würden sie von der Entscheidung begeistert sein. Vor allem Iwami scheint ihr nicht zu trauen. Noch immer hat er es nicht verwunden, mit seiner Beobachtung, dass sie auf dem Schiff fotografiert hat, als Idiot dagestanden zu haben. Jetzt sieht er die Gelegenheit, sich dafür zu rächen. „Zur Feier des Tages sollte sie uns eine Kostprobe von ihren Erfahrungen geben, meint ihr nicht auch?" Karl fährt der Schreck tief in die Glieder. Genau so etwas hatte er befürchtet. Natürlich wird Tanaka die Zufriedenheit seiner engsten Mitarbeiter sehr wichtig sein. Dennoch hofft Karl, dass er nicht darauf eingeht. Auch Veronique wartet dessen Reaktion ab. Dabei wirkt sie zumindest nach außen erstaunlich gelassen. „Ich sagte eigentlich `eure Kollegin´, nicht ´eure Nutte´. Doch die Idee ist nicht abwegig." Er sieht sie fragend an. „Was wäre denn dein Preis?" „Wie du richtig gesagt hast, bin ich als Kollegin dabei, nicht zum Bumsen." Ihre Stimme klingt kühl und hart. Tanaka hatte sicherlich erwartet, einen hohen Preis genannt zu bekommen aber keine so rüde Abfuhr. Daran gewöhnt, dass seine Wünsche unverzüglich erfüllt werden, fährt er sie verärgert an: „Ich habe dich nach deinem Preis gefragt, nicht danach, ob du noch arbeitest oder nicht. Vielleicht habe ich vergessen, deutlich genug darauf hinzuweisen, dass Gehorsam gegenüber dem Vorgesetzten in unserer Organisation an oberster Stelle steht." Sein Gesichtsausdruck lässt Karl erschaudern. Welch ein plötzlicher Wandel! Der eben noch freundlich joviale Gastgeber erweist sich auf einmal als jemand, der zu allem fähig zu sein scheint, wenn irgendetwas nicht nach seinem Willen geht. Mit düsterer Miene und demselben ironischen Unterton den er ihm gegenüber schon zuvor gewählt hatte, wendet er sich jetzt an Karl. „Dann nenne du ihren Preis. Für wie viel vermietest du sie normalerweise?" Sein drohender Blick versetzt Karl in Furcht und Schrecken. Was soll er darauf antworten? Hilflos blickt er zu Veronique. Doch dann wiederholt er mutig ihren Einwand. „Du hast doch gehört, sie arbeitet nicht mehr als Nutte." „Vielleicht hat sie mich belogen und hat gar keine Erfahrung, wie sie vorgibt." Tanaka wird jetzt blass vor Zorn. „Wehe, wenn ihr mich betrügen wollt. Dann werdet ihr euch wünschen, nie geboren zu sein." Karl erwartet jeden Moment einen unkontrollierten Wutausbruch. Doch bevor es dazu kommt, hört er ihre ruhige Stimme. „Ok. Ok. Einen Preis habe ich zwar nicht mehr. Aber wenn ihr meint, das gehört zum Kennenlernen und Beginn einer kollegialen Zusammenarbeit, sollt ihr es bekommen.... Jetzt gleich?" Entschlossen beginnt sie sich auszuziehen. Überrascht verfolgen Jack und sein Kumpel mit wachsender Gier jede ihrer Bewegungen. Tanaka beachtet sie hingegen kaum noch. Zufrieden und wieder einigermaßen beruhigt geht er in seine Wohnung zurück. Als er die Terrasse verlässt, stößt er auf Gabrielle. Mit dem Kopf weist er auf Karl, der fassungslos auf Veronique starrt und nicht weiß, was er tun soll oder kann. „Kümmere dich um unseren Gast!" Gehorsam geht sie zu ihm, hängt sich an seinen Arm und zieht ihn auf eine der Liegen. „Komm, das was die können, das können wir auch." Trunken und wie benommen folgt er ihr. Hinter einem

Fenster eines dunklen Nebenraums meint er kurz darauf Tanakas Gesicht zu erkennen. Offenbar zieht der vor das Treiben auf der Terrasse nur aus dem Verborgenen zu beobachten.

Es wird fast schon hell als Karl und Veronique das Penthouse verlassen. Ein Taxi bringt erst ihn und dann sie nach Hause. Auf der Fahrt zu seinem Apartment reden sie kaum. „Nun ist doch geschehen, was ich gefürchtet hatte, und ich konnte es nicht verhindern". Niedergeschlagen und ernüchtert vermag er Veronique kaum noch in die Augen sehen. „Du hattest recht damit, dass meine Anwesenheit wenig nützlich sein würde." „Unsinn. Du hättest nichts anderes tun können, als du getan hast. Ich bin ein zu großes Risiko eingegangen und habe leider verloren."

Bleierne Müdigkeit hat Karl erfasst. Nur schemenhaft nimmt er die vorbeiziehenden Hochhäuser wahr. Ständig fallen ihm die Augen zu und alles um ihn verschwimmt. Wie im Traum spürt er, wie das Taxi schließlich vor seinem Wohngebäude hält und Veronique sich bemüht, ihn zu wecken. Nachtwandlerisch öffnet er die Tür zu seinem Apartment, wankt zum Bett und fällt sofort in tiefen Schlaf. „Veronique?" Ein Lächeln gleitet über sein Gesicht. Doch Veronique ist längst davongefahren. Träume haben ihn bereits gefangen genommen.

Auf See

„Veronique, das ist doch viel zu gefährlich, nein, der helle Wahnsinn!" Entsetzt sieht er sie an. „Wie kannst du nach dem, was geschehen ist, überhaupt noch an so etwas denken. Du hast doch erlebt, mit welchen Männern du es zu tun hast. Ist dir deine Abenteuerlust noch immer nicht vergangen? " Sie hat ihm gerade verkündet, dass sie sich trotz allem dazu entschieden hat, auf der *Kuro Maru* bei ihrer nächsten Reise nach Südostasien mitzufahren. „Nur eine Reise. Danach steige ich endgültig aus allem aus", versichert sie ihm. „Dann komme ich mit." „Und wie willst du Tanaka überreden, dich mitzunehmen? Auch wenn er dich als mein Zuhälter nur begrenzt ernst nimmt, dürfte er kaum ein Interesse an deiner Gegenwart auf dem Schiff haben. Ganz im Gegenteil wird er versuchen, dich durch meine Reise loszuwerden." Er denkt nach. „Ich könnte aus irgendwelchen Gründen dazu gezwungen sein, das Land heimlich verlassen zu müssen. Auf der Suche nach einer Lösung habe ich den Bericht Tanakas von der bevorstehenden Reise der *Kuro Maru* natürlich als Geschenk des Himmels betrachtet. Im Gegenzug würde er mich endlich los." „Klingt einleuchtend. " Provozierend blickt sie ihn an. „Aber warum sollte ich dich bei mir haben wollen, nachdem ich keinen Zuhälter mehr benötige?" Er ergreift sie mit beiden Händen an den Schultern und sieht ihr herausfordernd in die Augen. „Ganz einfach, weil wir ein Paar sind." Überrascht erwidert sie seine feurigen Blicke. Kein Protest. Stattdessen ein Lächeln! „Ich bin aber doch eine Hure! Hast du das vergessen?" „Und ich dein Zuhälter, wo ist also das Problem?" „Mein Geliebter und zugleich mein Zuhälter? Und du glaubst, dass du das durchhalten kannst?". „Meinst du dein Geliebter zu sein oder dein Zuhälter?" Er setzt wieder eine strenge Miene auf. „Jedenfalls will ich dich auf keinen Fall alleine fahren lassen." Sein Ton lässt keinen Zweifel mehr daran, dass er es ernst meint. „Das ist zwar sehr lieb von dir, aber für uns beide ein viel zu großes

Risiko." Er spürt, dass sie jedoch ihren Widerstand längst aufgegeben hat. „Du liebst doch das Risiko, die Gefahr, das Abenteuer. Auch wenn ich dich nur bedingt schützen kann, wird meine Anwesenheit aber sicher dabei helfen, dass niemand auf die Idee kommt, dass du mit so einem Reisepartner journalistisch unterwegs bist." „Also gut, versuchen wir es."

Schon in Otaru hatte er das Gefühl, es hier mit gefährlichen Verbrechern zu tun zu haben. Spätestens nach den Erfahrungen in Tanakas Apartment ist Karl natürlich endgültig klar, was für ein ungeheures Risiko er damit eingeht. Doch es ist nicht nur allein die Sorge um eine Frau, der er hoffnungslos verfallen zu sein scheint, und die ihn zu einem solchen Akt des Wahnsinns treibt. Mindestes genauso, wenn nicht sogar mehr, ist es auch der Drang dazu, endlich eins von den in seinem bisherigen Leben so sehr vermissten Abenteuern nachholen zu wollen. Vielleicht ist das seine letzte Gelegenheit dazu.

Hoch gespannt wartet er darauf, was Tanaka zu seinem Wunsch mitzufahren, sagt. „Wie hat Tanaka-san reagiert?" Veronique ist gerade von einer Besprechung mit ihm zurückgekehrt. „Er ist einverstanden. Ich glaube, ich konnte ihn tatsächlich davon überzeugen, dass du als harmloser Flüchtling für ihn kein besonderes Risiko darstellst. Ob du mein Zuhälter oder Freund bist, ist ihm dabei offenbar völlig gleichgültig. Darüber, welche Gegenleistung er von dir dafür erwartet, hat er sich allerdings noch nicht geäußert".

Als Karl und Veronique an Bord der *Kuro Maru* kommen, nimmt seltsamerweise niemand von ihm Notiz, niemand kümmert sich um ihn. Man könnte meinen, er sei unsichtbar, gar nicht da. Das Schiff geht Anker auf. Karl und Veronique stehen an der Reling des Oberdecks und beobachten gebannt, wie es in dem engen Fahrwasser hin und her manövriert. Immer wieder wird das stampfende Geräusch der Maschine von den fast senkrechten Felswänden ringsherum zurückgeworfen. Ein langer, tiefer Signalton hallt über die Bucht. Möwen verlassen aufgeregt ihre Beobachtungsplätze und umkreisen neugierig das Schiff. Auch die drei Männer aus dem Jeep sind an Bord und zum Auslaufen an Deck gekommen. Noch ein dröhnender, langer Signalton. Ein Fischerboot sieht zu, dass es aus dem Weg kommt. Langsam dreht der Bug der *Kuro Maru* auf die Ausfahrt zu. An Backbord trennen sie nur noch wenige Meter von einem Felsen, der dort bedrohlich aus dem Wasser ragt. Eine letzte rote Tonne markiert das Ende der Fahrrinne. Kaum bleibt sie achteraus, nimmt das Schiff Fahrt auf. Vor ihnen liegt nun die offene See. Tanakas Männer verschwinden wieder unter Deck. Auch von der Besatzung ist niemand mehr zu sehen. Karl und Veronique sind alleine. Eng umschlungen küssen sie sich leidenschaftlich.

Erstes Ziel der *Kuro Maru* ist der Hafen von Kobe. Dort werden eilig Gebrauchtwagen und ein paar alte Maschinen an Bord genommen, die nach Wladiwostok verschachert worden sind. Offenbar will sich die Bande kein dunkles Geschäft entgehen lassen. So führt die Reise noch nicht wie angekündigt nach Süden, sondern zunächst in das japanische Meer. Das Schiff verlässt die *Setonaikai*, die Inlandssee, passiert die Meerenge zwischen *Honshu* und *Kyushu* und nimmt Kurs auf die russische Küste.

Es ist später Abend, als die *Kuro Maru* in den Hafen der fernöstlichen Metropole Russlands einläuft und an einer abgelegenen Pier festmacht. Nieselregen und kalte Nebelschwaden verhüllen baufällige Lagerhäuser und rostige Schiffwracks der ehemaligen Sowjetmarine. Überall auf dem unwirtlichen Liegeplatz türmt sich Müll. Noch in derselben Nacht werden die Autos entladen. Ganz offensichtlich hat irgendjemand dafür gesorgt, dass Zoll und andere Vorschriften hier nicht beachtet werden müssen. Bevor es hell wird, ist die *Kuro Maru* bereits wieder auf hoher See.

Jetzt geht es stetig nach Süden. Das Schiff passiert die Insel *Tsushima* und verlässt das japanische Meer. Japan und Korea bleiben achteraus zurück. Der Wind frischt auf und die *Kuro Maru* muss nun mühsam gegen hohe Dünung angehen. Irgendwo weitab im Westen unter dem Horizont liegt die chinesische Küste. Tagelang werden sie nun kein Land mehr sehen. Um sie nichts als endlose, graue See. Doch dann durchbricht die Sonne immer öfter die Wolkendecke und aus dem tristen Grau wird freundliches Blau. Es wird zunehmend wärmer. Schließlich erreichen sie die tropischen Gewässer des südchinesischen Meeres. Brennende Sonne und sintflutartige Regengüsse lösen einander ab. Sobald der Wind einschläft, lastet feuchte, brütende Hitze auf dem Schiff.

Tage vergehen. Karl genießt das Zusammensein mit Veronique in vollen Zügen. Um keinen Verdacht zu erregen, drängt sie ihn jedoch immer mehr dazu, auch mit den anderen an Bord Kontakt aufzunehmen. Der Kapitän, ein schrulliger Ire, stellt sich als Horatio Nelson vor. Seine Leute reden ihn deshalb scherzhaft mit „Admiral" an. Vermutlich anders als das historische Vorbild ist der Admiral auf der *Kuro Maru* jedoch meist hoffnungslos betrunken. Zum Glück hat seine rechte Hand, David, das Schiff gut im Griff. David ist Mitte dreißig, *„Aussie"* [10] und hat wohl ein paar Jahre in der Marine seines Heimatlandes gedient. Ob als Offizier oder Unteroffizier lässt er jedoch genauso im Nebel, wie die Gründe seines Ausstiegs. Die anderen Mitglieder der Besatzung sind kaum sichtbar.

---

[10] Australier

Nicht weniger dubios, als die Vergangenheit von David ist die von Tanakas Leuten. Die beiden Japaner Iwami und Tetsuro erzählen nichts über sich und von Jack erfahren Veronique und Karl nur, dass er Amerikaner ist.

Veronique meint deutlich zu spüren, dass alle drei ihr ganz offensichtlich noch immer mit Misstrauen begegnen. Auch die Ereignisse in Tanakas Apartment haben daran nicht viel ändern können. Zu tief sitzt das Rätsel um den Fotoapparat „Ich glaube, es ist höchste Zeit, dass ich auch andere Männer mehr beachte. Andernfalls laufen wir Gefahr, mit unserer Geschichte nicht mehr glaubwürdig zu erscheinen." Auch wenn Karl heftig dagegen protestiert, setzt sie diesen Gedanken unverzüglich um. Die vulgäre, rüde Art, in der die Männer mit ihr umgehen, scheint sie nicht besonders zu stören. Auch die Anspielungen auf die Nacht im Apartment in Gegenwart von David und anderen sind ihr offenbar egal. So muss Karl zähneknirschend zusehen, wie sie am Abend wieder besonders freizügig bekleidet mit ihnen trinkt und ungeniert flirtet. Nicht zum ersten Male kann er sich dabei des Eindrucks nicht erwehren, dass sie sich in der Rolle der reifen, aber noch höchst begehrenswerten, ruchlosen Abenteuerin sogar gefällt. Aufgeheizt durch ihr Spiel, verlieren die Männer ihre Zurückhaltung und bedrängen sie immer unverfrorener. Eine Weile lässt sie es geschehen. Mühsam versucht Karl, den gelassenen Zuhälter und zugleich an solche Eskapaden gewöhnten Liebhaber zu spielen. Es gelingt ihm nur noch schwer, seine Eifersucht zu verbergen. Erlöst atmet er auf, als sie sich endlich in ihre Kammer zurückzieht. Zornig klettert er in seine Koje. „Musstest du wirklich so weit gehen?" „Etwa eifersüchtig?" Sie zieht sich aus. Nackt steht sie vor ihm und streicht sich mit beiden Händen das Haar nach hinten „Magst du mich nun nicht mehr?"

Mekong-Delta

Am späten Nachmittag des nächsten Tages kommt endlich wieder Land in Sicht. Stetig nähern sie sich der vietnamesischen Küste. Vor ihnen liegt das Mekongdelta, ein weit ausgedehntes Gewirr von Flussarmen, Lagunen und Kanälen. Von den eisigen Höhen Tibets herabfließt der gewaltige Strom durch ganz Indochina und erreicht hier das Südchinesische Meer. Die *Kuro Maru* nimmt Kurs auf einen seiner größeren Mündungsarme und fährt ihn ein gutes Stück stromaufwärts, bis die Fahrrinne so schmal wird, dass sie kaum noch die notwendigen Manöver zulässt, um nicht auf Grund zu laufen. Zwei oder drei Flussbiegungen weiter reicht die Wassertiefe nicht mehr aus. Der Kapitän lässt die Maschine stoppen und laut rasselnd läuft die Kette des Bugankers aus. Eigentlich hatten Veronique und Karl einen Hafen erwartet, und nun lagen sie einsam vor der grünen Wand einer dichten Ufervegetation. Nur ein schmaler Fahrweg folgt dem Fluss. Er verbindet wohl ein paar abgelegene Hütten in der Nähe mit dem nächsten Dorf. Die Sonne geht unter und es wird schnell dunkel. Der nahe Busch erwacht nun erst richtig. Überall erhebt sich ein Krächzen, Surren, Schnarren, ertönen die Pfiffe und Schreie von Vögeln, Fröschen und anderem Getier. Die Luft schwirrt von summenden Moskitos und dem ohrenbetäubenden Zirpen der Grillen. Karl und Veronique stehen an der Reling und lauschen dem grandiosen Konzert der Tropennacht. Er legt seine Hand auf die ihre und drückt sie fest. Beide blicken schweigend über den friedlich dahinströmenden Fluss. Sie wissen jedoch sehr wohl, dass dies alles andere als eine romantische Urlaubsreise ist.

Am nächsten Tag geschieht gar nichts. Der Kapitän und Iwami, der von Tanakas Leuten an Bord das Sagen hat, haben entschieden, erst einmal abzuwarten, ob die Küstenwache auftaucht, um sie zu kontrollieren. Sie gehen zwar davon aus, dass ihre vietnamesischen Gewährsleute alles Notwendige getan haben, um das zu verhindern, doch sicher ist sicher. Solange sich nur die Besatzung und keinerlei Fracht an Bord befinden, dürften sie nicht viel zu befürchten haben. So lässt man sich Zeit. Die meisten dösen irgendwo an Deck im Schatten. In den stickigen Kammern ist es kaum auszuhalten, da die marode Klimaanlage von der tropischen Hitze ganz offenbar überfordert ist. Schwitzend und gelangweilt schütten Besatzung und Tanakas Leute Unmengen von Bier in sich hinein. Zudem kreist immer wieder eine Flasche mit irgendeinem scharfen Fusel.

Karl kann sich von den Gelagen nicht völlig ausschließen. An starke Getränke und die Hitze nicht gewöhnt bleibt die Wirkung nicht lange aus. Mit glasigen Augen beobachtet er Veronique, die sich wohlig auf dem Vorschiff sonnt. Auch sie hat viel getrunken. Wieder bringt ihr jemand ein Bier. Als sie temperamentvoll danach greift, fällt das bunte Batiktuch, mit dem sie bislang ihre Blöße bedeckt hat, auf das Deck. Gereizt muss er zusehen, wie sie es dort achtlos liegen lässt. Es scheint ihr nichts auszumachen, dass sie, nur von Männern umgeben, nun von ihnen lüstern angestarrt wird. Offenbar meint sie sich damit besonders glaubwürdig als Prostituierte auszuweisen. Doch sie spielt mit dem Feuer. Mit der schnell wachsenden Trunkenheit fallen letzte Hemmungen und Karl fürchtet, dass Veronique irgendwann die Situation nicht mehr beherrscht. So wie in Tanakas Apartment wird er dann wieder hilflos geschehen lassen müssen, was immer geschieht. Fürsorge und Eifersucht gehen jedoch in seinem eigenen Rausch unter. Es ist bereits dunkel, als er in seiner Koje erwacht. Sein Kopf dröhnt und ihm ist sterbensübel. Wieder hat er Veroniques Auftritt an Deck vor Augen. An das, was dann geschehen ist, kann er sich jedoch nicht mehr erinnern. Immer noch wütend, fühlt er sich zugleich aber auch erleichtert, als er Veronique neben sich spürt.

Endlich endet die eintönige und nervenzehrende Warterei mit ihren offenbar unvermeidbaren Alkoholexzessen. Die ersten Frauen kommen an Bord. Obgleich keine von ihnen über dreißig sein dürfte, sieht man den meisten an, dass sie schon länger als Prostituierte arbeiten. Von Alkohol, Zigaretten und vielleicht auch Drogen gezeichnet, wirken ihre Gesichter oft schon verlebt. Aufreizende Gesten, verführerische Mimik, und meist billige, aber provokative Kleidung gehören für sie zu gewohnter Routine. Sie stammen nicht alle aus Vietnam. Auch aus Laos, Kambodscha und Myanmar sind welche dabei. Wie man Veronique angekündigt hatte, sind sie wohl tatsächlich freiwillig hier, magisch angezogen von den Gerüchten, in Japan schnell das große Geld machen zu können. Dennoch bleibt Veronique misstrauisch, ob die eine oder andere nicht doch gegen ihren Willen zu der Reise nach Japan genötigt oder erpresst worden ist. Vielleicht wird sie dazu in den nächsten Tagen mehr erfahren können. Nun muss sie ihre Rolle als „Mama-san", Bordellchefin, so überzeugend wie möglich spielen. Die groteske Situation stellt sowohl ihre Fantasie als auch ihre schauspielerischen Fähigkeiten auf eine harte Probe. Sie, die Einzige von allen, die nie als Hure gearbeitet hat, soll nun Huren überwachen und ihnen auch noch Ratschläge erteilen. Zögernd betreten die Frauen das Deck und sehen sich zunächst unsicher um. Doch dann klettern die meisten, ohne sich weitere Gedanken zu machen, munter schwatzend und scherzend den Niedergang zu ihrem Deck hinab und richten sich mit ihren Sachen in der jeweils zugewiesenen Koje ein. Veronique stellt den ersten Kontakt zu den Frauen her und versucht, sich ihre Namen zu merken.

Bei einer der Frauen hat Veronique ein seltsam ungutes Gefühl. Sie ist schweigsam und hält sich von allen anderen fern. Nur äußerst widerwillig gibt sie Auskunft über sich und ihre Herkunft. Obwohl sie behauptet aus Laos zu stammen, spricht sie akzentfrei Vietnamesisch. Je länger Veronique mit ihr spricht, desto sicherer ist sie, dass die Frau sogar hier aus der Gegend kommt. Veronique erzählt Iwami von ihren Beobachtungen, doch der zuckt nur mit den Schultern. Beim Abendessen fehlt die Frau. Vergeblich durchsuchen Iwami und David das Schiff. Ihr zurückgelassenes Gepäck enthält nur ein paar wertlose alte Kleider. Kurz vor dem Essen hatte Iwami verkündet, dass das Schiff am nächsten Morgen auslaufen wird. Niemand hatte bemerkt, wie gleich darauf ein Schatten über das Deck und das Fallreep hinunter gehuscht war. Eine dunkle Gestalt hatte sich lautlos ins Wasser gleiten lassen und war im Ufergebüsch verschwunden. „Seltsam." Ratlos stehen beide Männer an der Reling und blicken in die Nacht. „Wo zum Teufel ist die Schlampe abgeblieben?" „Auf dem Schiff ist sie jedenfalls nicht mehr. Warum ist sie verschwunden? Weshalb ist sie an Bord gekommen, wenn sie gar nicht mitreisen wollte?"

Motorgeräusche reißen sie aus ihren Gedanken. Deutlich hörbar kommen mehrere Fahrzeuge auf dem Weg vom nächsten Dorf näher. Zwischen den Bananenstauden und Palmen am Ufer sind bereits die durch die Nacht irrenden Lichtkegel ihrer Scheinwerfer zu sehen. Kurz leuchtet ein Blaulicht auf. „Verdammt, was hat das zu bedeuten? Doch noch Polizei oder Coast Guard? Offenbar ist auf unsere eigenen Leute hier mal wieder kein Verlass." Wütend sieht David zu Iwami. „Wir sollten die Frauen lieber schnell von Bord bringen." Rasch beordert er die Boote an die dem Ufer abgewandten Seite des Schiffs. Mit leiser Stimme treibt Iwami die Frauen an Deck. Seinen eindringlichen Warnungen folgend, klettern sie eilig und nunmehr tatsächlich lautlos in die Boote. Währenddessen haben sich am Ufer immer mehr Polizisten gesammelt. Harsche Kommandos treiben sie an. Schlauchboote werden zu Wasser gelassen, um sie zur *Kuro Maru* überzusetzen. Doch bis sie schließlich ablegen, sind Iwami und Tetsuro mit den Frauen bereits in der Dunkelheit des gegenüberliegenden Ufers verschwunden.

Von dem Lärm neugierig geworden sind Karl und Veronique an Deck gekommen. In dunklem Schatten hinter einem Ladegeschirr verborgen, beobachten sie das Geschehen. Die ersten Beamten kommen das Fallreep herauf und betreten das Deck. Kapitän Nelson und David warten an der Reling auf die ungebetenen Besucher. Der Leiter des Kommandos sieht sich um. Er trägt die Uniform eines Captains der vietnamesischen Coastguard. Gelassen geht Nelson ihm entgegen. „Willkommen an Bord, Captain! Was ist denn los? Ist hier Krieg ausgebrochen, und wir haben nichts davon mitbekommen?" Doch der Offizier ist offensichtlich nicht zu Scherzen aufgelegt. „Papiere!", bellt er Nelson an. „Keiner geht von Bord. Sagen sie ihren Leuten, dass sie unter Deck bleiben sollen. Sollte jemand dennoch versuchen, das Schiff zu verlassen, kann ich nur warnen. Er käme nicht weit, da wir überall in der Gegend unsere Wachposten und Informanten haben."

Nelson hält irgendwelche Unterlagen schon bereit und gibt sie dem Offizier. Nach einem flüchtigen Blick darauf, fährt der Captain Nelson erneut an: „Und die Einreisedokumente? Die Zollpapiere?" Nelson erfindet rasch eine Geschichte von einem Maschinenschaden, der ihn dazu gezwungen habe, hier im Schutz der Flussmündung vor Anker zu gehen. David kommt ihm zu Hilfe. „Gleich morgen früh wollten wir eine zuständige Stelle suchen, um uns ordnungsgemäß anzumelden." Doch ganz offensichtlich gelingt es den beiden nicht, den Beamten zu überzeugen. „Das Schiff ist beschlagnahmt. Sie sind beide verhaftet!" Mit dem Mann ist nicht zu spaßen. „Hilflose Mädchen verschleppen! Menschenhändlern und Schmugglern wie euch werden wir das Handwerk legen. Ihr werdet den Tag noch verfluchen, an dem ihr in diese schmutzigen Geschäfte eingestiegen seid." Überrascht müssen sie zur Kenntnis nehmen, dass die Küstenwache offenbar weit mehr über die Mission der *Kuro Maru* weiß, als gedacht. Irgendjemand muss sie verraten haben. „Wieso Menschenhändler? Wovon reden sie? Wir sind doch keine Menschenhändler! Auch keine Schmuggler. Sie können das Schiff gerne durchsuchen. Außer der Besatzung werden Sie dort niemand finden." „Das werden wir auch tun!" Mit einigen seiner Leute geht der Captain unter Deck, um Räume und Ladung gründlich zu inspizieren. „Welche Erklärung wird Nelson wohl zu den von den Frauen zurückgelassenen Sachen einfallen? Womöglich finden sie dort oder anderswo im Schiff sogar noch Drogen." Veronique hatte kurz vorher zufällig ein Gespräch von Iwami mit seinen Leuten mitgehört, aus dem sie entnehmen konnte, dass möglicherweise auch Heroin aus dem „Goldenen Dreieck" [11] zur Fracht des Schiffes oder zumindest zum Gepäck einiger Frauen gehört. Zwar hat weder Karl noch sie bislang irgendetwas dazu beobachtet, doch weder bei den Gangstern noch den Frauen würde sie das überraschen.

„Höchste Zeit also von hier zu verschwinden", flüstert Veronique. „Aber wie willst du an denen dort vorbeikommen?" Mit den Augen weist Karl auf zwei Uniformierte, die am Fallreep als Wache zurückgeblieben sind. Er wirkt ziemlich ratlos und verloren. In seinem bisherigen, stets korrekten und

---

[11] Drogenanbaugebiet im Länderdreieck Burma, Thailand und Laos

gesetzestreuen Dasein hatte er höchstens mit Steuerprüfern aus dem Finanzamt, jedoch noch nie mit der Polizei oder gar Ganoven zu tun gehabt. Zweifellos bekommt er nun das vermisste Abenteuer geboten, auch wenn er sich etwas anderes darunter vorgestellt haben mag. Dabei muss er sich allerdings eingestehen, dass nicht er, sondern Veronique es war, die sein ruhiges, wenig aufregendes Leben so gründlich auf den Kopf gestellt hat. Ohne sie hätte er sich keinesfalls freiwillig derartigen Gefahren und Risiken ausgesetzt und wäre somit nie in eine solche Situation gekommen. Er erkennt auf einmal, dass er im Leben vor allem das verpasst haben wird, für das er im Zweifel nicht geschaffen war und was er auch gar nicht wirklich wollte. Sicherlich ist er kein Feigling, aber er ist nun einmal auch kein von brennender Neugier und Unruhe getriebener Abenteurer, war es nie und wird es nie sein.

Ganz anders Veronique. Sie liebt das Abenteuer, das Risiko. Jetzt ganz in ihrem Element, übernimmt sie die Führung. „Siehst du die Leine dort? Sie müsste lang genug sein, um uns an ihr in den Fluss hinabzulassen, ohne springen zu müssen. Jedes Geräusch würde sofort die Aufmerksamkeit der Wachen wecken." „Und wenn wir im Wasser sind, was dann? Am Ufer wimmelt es ebenfalls von Polizisten." Veroniques Blick haftet an einem Punkt in der Dunkelheit. „Kannst du das Boot dort hinten am Ufer erkennen? Wir müssten es schaffen, bis dahin zu schwimmen, ohne entdeckt zu werden."

Jemand am Ufer ruft die Wachen an. „Verstehst du, was der will?" Erregt versucht Karl auszumachen, worum es dort geht. „Nein, ist mir auch egal. Komm endlich, einen günstigeren Moment werden wir kaum finden!" Während die beiden Wachen ihre ganze Aufmerksamkeit dem Rufer widmen, huschen Karl und Veronique lautlos zur Reling an der vom Land abgewandten Seite, befestigen die Leine und lassen sich daran hinab in den Fluss. Kaum im Wasser streicht irgendetwas Glitschiges an Karls Beinen vorbei. Hoffentlich gibt es hier keine giftigen Schlangen oder hungrige Kaimane, geht es ihm durch den Kopf, aber ihnen bleibt keine andere Wahl. Rasch entfernen sie sich vom Schiff. Glücklicherweise ist der Mond von Wolken verborgen. So müsste man schon sehr genau hinsehen, um sie von dort, wo die Polizisten stehen, jetzt noch erkennen zu können. Sie erreichen das Boot und klettern hinein. Erschöpft von der Anspannung bleiben sie einen Moment regungslos liegen, bis sie wieder zu Atem kommen.

„Wir müssen weiter!", drängt Veronique. Karl rafft sich auf und will gerade das Boot losmachen, als sich plötzlich eine halb verrottete Plane neben ihm auf dem Boden bewegt. Starr vor Schrecken sehen sie, wie ein Mann darunter hervorkriecht. Also doch noch erwischt! Dabei hatten sie es fast schon geschafft. Schweigend richtet sich der Mann auf. Ein schwacher Lichtschein fällt auf sein Gesicht. „Jack!" Erleichtert macht Karl das Boot los. Noch immer stumm hilft ihm, Jack nun dabei es vom Ufer zu ziehen. Rasch klettert Veronique hinein. Kaum aus dem Schlamm frei, wird es sofort von der Strömung erfasst und gleitet immer schneller flussabwärts. Es gibt kein Ruder, nicht einmal ein Paddel. Schwimmend halten sie es noch eine Weile im Schatten der Bäume und Büsche in Ufernähe, doch dann kommen sie gegen die Strömung nicht mehr an und ihnen bleibt nichts anderes übrig, als es treiben zu lassen.

Einer Raubkatze gleich gleitet Jacks muskulöser, überall tätowierter Körper an Bord. Veronique beobachtet dabei gespannt jede seiner Bewegungen. Karl will es ihm gleichtun. Lässig greift er nach dem Boot, doch er rutscht ab. Im letzten Moment kann er sich gerade noch mit einer Hand festkrallen, um nicht hilflos von der starken Strömung abgetrieben zu werden. Mit einigen linkisch wirkenden Verrenkungen schafft er es, das Boot auch wieder mit der anderen Hand zu greifen und versucht erneut, sich über die Bordwand zu wuchten. Doch irgendetwas hält ihn nun an den Füssen fest und will ihn zurück in das Wasser ziehen. Alle Anstrengungen, sich wieder davon zu befreien, sind vergebens. Er spürt, wie ihm langsam die letzten Kräfte schwinden. „Irgendetwas hält mich hier unten fest! Ich weiß nicht, was es ist!" „Das Alter." Jack packt ihn und zieht ihn mit einem Ruck an Bord. „Das Alter, Kumpel, das Alter!" Ungläubig betrachtet Karl seine Füße, seine Beine. Nichts. Kein Netz, keine Leine, kein Abdruck, keine Spur von irgendetwas, was auf ihn eingewirkt haben könnte. Nur die bittere Erkenntnis, dass Jack wohl recht hat. Ob auch Veronique das unwürdige Schauspiel bis zum Ende beobachtet hat? Falls ja, was mag sie über ihn denken? Verstohlen forscht er in ihrem Gesicht. Als sie es merkt, schenkt sie ihm jedoch nur ein geheimnisvolles Lächeln, wie sie es so oft tut.

Bis auf die Haut durchnässt, sitzen sie nun alle drei im Boot und versuchen auszumachen, wohin die Strömung sie bringt. An den Ufern zieht die schwarze Silhouette der tropischen Vegetation vor einem hellen Nachthimmel an ihnen vorbei. Der Fluss wird breiter und die Strömung schwächer. Vor ihnen kommen einige wenige Lichter in Sicht. Spürbar langsamer treiben sie darauf zu und beschließen zu versuchen, dort an Land zu gehen. Es wird höchste Zeit, den Fluss zu verlassen. Sobald die Leute von der Küstenwache erfahren, dass das Boot fehlt, werden sie die Flussufer danach absuchen. Tatsächlich ist diese Gefahr schon viel näher, als sie ahnen. Aufgescheucht von den vielen Menschen, ist der Bootsbesitzer neugierig aus seiner Hütte gekommen. Schnell hat er den Verlust gemerkt und den Polizisten gemeldet. Ein Boot der Küstenwache ist daher bereits flussabwärts unterwegs. Mit einem grellen Suchscheinwerfer leuchtet seine Besatzung immer wieder die Ufer ab. Ein paar Seemeilen nur noch, und man wird ihr Boot eingeholt haben.

Karl und seinen Gefährten bleibt zunächst jedoch nichts anders übrig, als tatenlos abzuwarten, wohin das Boot getrieben wird. Sie haben Glück. Es kommt dem Ufer immer näher und läuft schließlich mit einem Ruck auf einer Sandbank auf. Durch das hier nur knietiefe Wasser waten sie an Land. „Was nun? Wie kommen wir jetzt weiter?" Wieder schaut Karl ratlos auf Veronique. „Warum nicht ein Taxi rufen?", meint Jack. Trotz ihrer misslichen Lage müssen alle lachen. Typisch Amerikaner. Zum Erstaunen aller zerrt er einen Plastikbeutel irgendwo aus seiner Hose. Er öffnet ihn mühsam und hält schließlich triumphierend sein Handy in die Höhe. „Ein Telefon und genug Geld habe ich." Veronique betrachtet es nachdenklich. „Vielleicht doch gar nicht so abwegig." Aber erst müssen wir wissen, wo wir überhaupt sind.

„Wir haben überall in der Gegend unsere Informanten..." Mit der Warnung des Offiziers der Coastguard im Ohr, nähern sie sich vorsichtig einer armseligen, zwischen Bananenstauden und Papayabäumen halb versteckten Hütte. Neben einem offenen Fenster sitzt eine alte Frau. Erschrocken blickt sie auf, als Veronique sie anruft. Zögernd öffnet sie die Tür. Misstrauisch mustert sie die triefend nassen Fremdlinge. Veronique erzählt ihr etwas von einer hilflosen Irrfahrt auf dem Fluss, nachdem ihnen der Motor über Bord gegangen sei. Karl und Jack verstehen natürlich kein Wort. Die Alte wird freundlicher und bietet ihnen sogar einen Tee an. Veronique erfährt von ihr, wo sie sind, und telefoniert eifrig herum. Doch um diese Uhrzeit ist weit und breit keiner mehr unterwegs und es findet sich auch niemand, der jetzt noch in diese gottverlassene Gegend fahren will. Schließlich gibt sie es auf. Wie auch immer, müssen sie schleunigst aus der Nähe des Bootes verschwinden, bevor die Küstenwache hier auftaucht. Hastig brechen sie auf. Für den Fall, dass sie von der Polizei befragt werden sollte, erklären sie der Alten, dass sie zu Fuß zum nächsten Ort weiter gehen wollen, um dort nach einer Unterkunft zu suchen. „Doch nicht mitten in der Nacht!" Kopfschüttelnd blickt sie ihnen nach.

Kaum außer Sichtweite verlassen sie die Straße jedoch wieder. Trotz der Gefahr in Reichweite der Coastguard zu bleiben, bietet der Fluss die einzige Orientierungshilfe und so beschließen sie, etwas stromabwärts wieder an sein Ufer zurückzukehren. Sie folgen einem Weg, der in seine Richtung führt. Immer wieder kommen sie an in üppigen Pflanzungen verstreuten Hütten vorbei. Ihre Bewohner schlafen längst, da ihr Tag schon mit dem ersten Morgengrauen beginnt. Irgendwo kläfft ein Hund. Erst am Fluss gibt es wieder ein Licht und es sind sogar menschliche Stimmen zu hören. An einer Pier liegt ein großer Lastkahn. Ganz in der Nähe sitzen mehrere Männer vor einer hell erleuchteten Bretterbude beim Bier. Dichte Wolken von unzähligen Moskitos und Nachtfaltern umschwärmen die Lichtkegel der Lampen. Es scheint so etwas wie die Dorfkneipe zu sein. Was immer dort noch für Leute zusammensitzen, von denen sollten sie sich auf keinen Fall entdecken lassen. Wenn es hier in der Gegend tatsächlich Polizeispitzel gibt, dann am ehesten an solchen Orten. Aus sicherer Entfernung beobachten Karl, Veronique und Jack eine Weile das Geschehen. „Der besonders redselige Mann ist der Schiffer des Lastkahns. Er will wohl gleich weiterfahren," erklärt Veronique den beiden anderen. „Eine einmalige Gelegenheit für uns, heute doch noch von hier fortzukommen." Wild entschlossen huscht sie im Schatten des Ufergebüschs hinab zur Pier. Karl und Jack bleibt nichts anderes übrig, als ihr, wenn auch zögernd, zu folgen. Während sich der Schiffer von seinen Gefährten verabschiedet, klettern sie rasch an Bord und tauchen unbemerkt im Gewirr von Kisten, Körben und Krügen unter.

Der Kahn legt ab und nimmt Fahrt auf. Zu ihrem Entsetzen dreht er jedoch in der Mitte des Flusses und fährt nicht wie erwartet flussabwärts, sondern flussaufwärts. Sie überlegen noch, ob sie wieder über Bord springen sollen, als plötzlich grelle Lichtkegel vor ihnen über der Wasserfläche kreisen. Ein Wachboot leuchtet die Umgebung ab. Es hat ihr verlassenes Boot gefunden und aus seinem Versteck kann Karl beobachten, wie zwei Seeleute es durchsuchen. Andere sind an Land gegangen und die Ersten von ihnen haben fast die Hütte der Alten erreicht. Es brennt kein Licht mehr. Sie wird sicher schlafen. Selbst wenn sie jedoch geweckt und verhört werden sollte, wird sie Karl und seine Gefährten zwar beschreiben können, die Fahnder aber auf eine falsche Fährte setzen. Von dort droht ihnen also keine Gefahr mehr.

Doch dafür kommen sie jetzt dem vor ihnen liegenden Wachboot immer näher. Als sie es nur wenige Meter entfernt passieren, halten sie den Atem an. Sie erwarten, dass der Kahn jeden Moment den Befehl erhält zu stoppen. Sie meinen schon zu hören wie die Seeleute der Küstenwache an Bord kommen, um hier alles gründlich zu durchsuchen. Zwangsläufig wird man sie dabei entdecken. Gebannt starren alle drei auf das Schiff. Doch dort rührt sich nichts. Niemand beachtet den flussaufwärts fahrenden Lastkahn. „Glück muss man haben! Offenbar kommt keiner auf die Idee, dass wir den Weg, den wir gekommen sind, wieder zurückfahren könnten", flüstert Karl den beiden anderen aufgeregt zu. Erleichtert verfolgen alle, wie das Wachboot achteraus bleibt und mit der nächsten Flussbiegung außer Sicht kommt. Als sie später an der *Kuro Maru* vorbeifahren, bleibt auch dort alles ruhig. Auf dem Oberdeck sind zwei uniformierte Wachen zu erkennen.

Auch sie würdigen den Lastkahn keines Blickes. Alle Gefahren scheinen zunächst gebannt zu sein. Nur der Schiffer am Ruder darf seine blinden Passagiere nicht entdecken. Doch der ist vollauf damit beschäftigt, das Schiff in der Fahrrinne zu halten. Andere Besatzungsmitglieder gibt es wohl nicht oder sie schlafen tief und fest. Mondlicht spiegelt sich im Wasser des träge dahinziehenden Stroms. Wie seine Gefährten hat Karl es sich in seinem Versteck so bequem wie möglich gemacht. Dennoch kann er keinen Schlaf finden. Im ersten Morgengrauen beobachtet er, wie einheimische Fischer in Ufernähe ihre Netze auswerfen. Gespenstisch lösen sich ihre Boote aus den Nebelbänken auf dem Fluss, um meist wenige Momente später wieder darin zu entschwinden.

Kurz vor Sonnenaufgang erreichen sie eine kleine Hafenstadt. Mühsam bahnt sich der Kahn im Gewimmel unzähliger Boote und kleiner Schiffe den Weg zu seinem Liegeplatz. Die meisten Schiffe sind aus Holz mit abenteuerlich zusammengezimmerten Aufbauten. Die Wände hat man oft liebevoll mit bunten Farben angestrichen, die Fenster manchmal sogar mit Topfpflanzen geschmückt. Schiffe und Boote transportieren Waren aller Art, um sie hier zum Kauf anzubieten. In Fässern, Kisten oder in mit Planen abgedeckten Körben verstaut, werden sie vor den heftigen Tropengüssen geschützt. Männer stehen am Ruder und manövrieren ihr Schiff an den gewünschten Ort. Andere schleppen schweißtriefend Lasten an oder von Bord. Trotz der frühen Morgenstunde ist es schon unerträglich heiß. Türen und Fenster der Kajüten stehen weit offen, damit der leichte Seewind wenigstens etwas Abkühlung bringen kann. Dort und auf den Decks spielt sich für alle sichtbar auch das Familienleben der Besatzungen ab. Frauen hocken zwischen Ankerleinen, Wassereimern, Geschirr und Töpfen an Kochstellen. Neben ihnen spielen nackte Kinder. Ein fast zahnloser Alter putzt sich sorgfältig die wenigen verbliebenen Zähne und nutzt dazu das braune, ölige Hafenwasser. Die Menschen sind arm. Dennoch blickt Karl, anders als von zu Hause gewöhnt, meist in freundlich lachende Gesichter.

Irgendwo im Gedränge des Hafens zwischen anderen Booten macht der Lastkahn fest. Problemlos gelingt es, Karl und seinen Gefährten in dem Durcheinander ungesehen von Bord zu gehen. In einem der zahllosen Verbindungsboote lassen sie sich zu der zentralen Anlegestelle bringen. Wie hier üblich, wird es von einer Frau gerudert. Dazu steht sie ganz achtern und zieht langsam und gleichmäßig die beiden Ruderstöcke durch das braune, schlammige Wasser. Für ihr fortgeschrittenes Alter wirkt sie erstaunlich kräftig und agil. Trotz der Anstrengungen lächelt sie unter ihrem breiten, trichterförmigen Strohhut ihre Fahrgäste immer wieder freundlich an. Veronique hat sich auch einen dieser Strohhüte beschafft und unterscheidet sich nun nicht mehr von allen anderen Frauen hier. Wer sie sieht, muss denken, eine Einheimische führe zwei Touristen durch den Hafen.

Vorsichtig telefoniert Jack mit seinen vietnamesischen Partnern, um etwas über das Schicksal der anderen herauszufinden. Nun hat er Gewissheit; tatsächlich hat sie eine rivalisierende Bande bei der Küstenwache angezeigt. So war man dort bestens über ihre Absichten informiert. Veronique denkt dabei natürlich sofort an die verschwundene Frau. Iwami hätte das vielleicht ernster nehmen sollen. Auch wenn die Küstenwache sie nun vermutlich weit flussabwärts sucht, sind sie keinesfalls außer Gefahr. Ganz im Gegenteil. Möglicherweise sind nicht nur die Polizei, sondern auch die Gangster, die sie verraten haben, hinter ihnen her. Gleich ob Menschen- oder Drogenhändler, sie werden die unliebsamen Konkurrenten gnadenlos verfolgen und falls sie ihrer habhaft werden, für das

Eindringen in ihr Gebiet skrupellos abstrafen. Fieberhaft sinnt Veronique daher auf eine Lösung, wie sie sich in Sicherheit bringen können. Zweifellos hängt das weitere Schicksal der drei von ihr und ihren Ortskenntnissen ab. Ihr fallen zwar Freunde ein, die ihr bestimmt helfen würden, sie hat allerdings keine Ahnung, wie sie sie erreichen kann. Nachdem sie eine Weile herumtelefoniert hat, berichtet sie erleichtert, dass sie nun doch Freunde gefunden hat, die ihnen helfen werden. Sie wollen jemand schicken, der sie zu ihrem abgelegenen, aber von hier nicht allzu weit entfernten, Landsitz fahren wird. Dort können sie sich verstecken und sollten vor allen Verfolgern in Sicherheit sein.

Geduldig warten sie in der verabredeten Straßenkneipe auf ihren angekündigten Retter, doch es kommt niemand. Auch diese Hoffnung scheint sich zu zerschlagen. Je länger sie dort sitzen, desto mehr ziehen sie die Neugier auf sich, zumal sie die einzigen Ausländer hier sind. Nervös beobachtet Karl wie zwei Polizisten nun schon eine Weile in der Nähe auf und ab-gehen und sie dabei aufmerksam mustern. Einer beginnt zu telefonieren, ohne seine Blicke von ihnen abzuwenden. Be-sorgt haben Karl und seine Gefährten gerade beschlossen, den Ort lieber zu verlassen, als ein uraltes Fahrzeug um die Ecke biegt und direkt vor ihnen hält. Am Lenkrad sitzt ein noch viel älterer, freundlicher Mann mit sonnengegerbtem Gesicht und einem langen, dünnen Ziegenbart. Sein schütteres weißes Haar wird weitgehend von einem olivfarbenen Tropenhelm verborgen, wie er im Lande oft noch zu sehen ist. „Sie sind sicher Mademoiselle Veronique." „Ja die bin ich." „Sehr gut! Ihre Freunde haben mich geschickt, um Sie zu ihnen zu brin-gen." Erleichtert atmen alle auf. Es ist nun wirklich an der Zeit von hier zu verschwinden. Der Alte scheint es allerdings nicht sehr eilig zu haben. In aller Ruhe trinkt er erst einmal einen

Kaffee. Zudem entdeckt er noch einen Freund, mit dem er sich viel zu erzählen hat. Karl hat das Gefühl, die beiden gehen ausgiebig die Ereignisse der letzten zehn Jahre durch. Zu seinem Entsetzen kommen die Polizisten jetzt direkt auf sie zu. Auch seine beiden Gefährten erstarren. Doch glücklicherweise scheinen die beiden Beamten das Interesse an ihnen verloren zu haben. Achtlos en sie an ihnen vorbei und sind kurz darauf nirgends mehr zu sehen.

Endlich ruft der Alte tatsächlich zum Aufbruch. Nachdem die kleine Hafenstadt weit hinter ihnen zurückgeblieben ist, verlassen sie die verkehrsreiche Hauptstraße. Mühsam kämpfen sich der greise Fahrer mit seinem hochbetagten Fahrzeug jetzt über schmale, holprige Pisten voran. Es klappert und scheppert, als würde es jeden Moment in viele Einzelteile zerfallen. Krampfhaft hält sich der Alte am Lenkrad fest, um bei der starken Rüttelei nicht vom Sitz zu rutschen. Der Weg führt sie an kleinen Dörfern umgeben von weiten Reisfeldern vorbei, um dann wieder in dichter tropischer Vegetation zu verschwinden. Die Dörfer werden seltener, die Strecken durch wildes Buschland immer länger. Weit entfernt von der nächsten Siedlung erreichen sie endlich ihr Ziel.

Veroniques Freunde, ein älteres Ehepaar, haben schon ungeduldig auf sie gewartet. Sichtbar bewegt schließen sie sie nun immer wieder in ihre Arme. Freudentränen fließen. Sie kennen sie schon seit früher Kindheit, als sie mit ihren Eltern hier ganz in der Nähe gelebt hat. Nachdem auch Karl und Jack begrüßt worden sind, verfallen Veronique und ihre Freunde wieder in die Landessprache, sodass Karl nur noch raten kann, worüber gesprochen wird. Natürlich wird sie neugierig gefragt, warum sie sich verstecken muss und wer ihre Begleiter sind. Ohne ihre Antwort zu kennen, spürt Karl jedoch viel Verständnis, Solidarität und spontane Hilfsbereitschaft bei ihren Gastgebern.

Schließlich führt man sie durch einen ausgedehnten, verwilderten Garten zu einem halb verfallenen Gebäude aus der französischen Kolonialzeit. Eine gerade Reihe großer alter Bäume lässt erahnen, dass dort einmal eine prachtvolle Allee auf das Anwesen zuführte. Sie endete an einem Springbrunnen vor dem Eingang. Auch wenn seine Skulpturen schwer gelitten und die Statuen, seit Ewigkeiten kein Wasser mehr ausgespien haben, ist er noch einigermaßen erhalten. „Die alte Villa steht seit vielen Jahrzehnten leer. Hier findet euch bestimmt niemand. Wenn es euch nichts ausmacht, euch provisorisch in dem alten Kasten einzurichten, könnt ihr bleiben, solange ihr wollt."

Neugierig betreten sie das Gebäude. Fensterläden, wie man sie noch immer überall in Frankreich findet, sind soweit möglich, geschlossen. Veronique öffnet einen von ihnen, damit sie überhaupt etwas erkennen können. Die einst stattlichen Räume sind leer. Von den Stuckverzierungen an den hohen Decken sind große Teile heruntergebrochen. Es riecht modrig. Immer wieder wehen ihnen Spinnnetze in das Gesicht. Schlingpflanzen haben sich an schimmligen Wänden emporgerankt. Es würde sie nicht überraschen, wenn sich dort Schlangen eingenistet haben. Die Tapetenreste entsprechen dem modischen Empfinden der 20er und 30er Jahren des letzten Jahrhunderts in Frankreich. „Ich erinnere mich noch gut daran, wie wir uns als Kinder hier versteckt haben. Schon lange zuvor, als die Franzosen aus Vietnam abgezogen sind, hatten auch die damaligen Besitzer dieser Villa das Land verlassen. Seitdem hat hier niemand mehr gewohnt. Nur eine kleine Gruppe von Vietcong hat sich wohl eine Zeit lang im oberen Stockwerk verborgen. Kommt, ich zeig euch wo." Aufgeregt und voller Kindheitserinnerungen läuft sie die Treppe hinauf. In einigen Räumen ist der gelbe Stern auf Rot-blauem Untergrund, die Flagge der Vietcong, über verblichene französische Tapeten gemalt. Aus den Fenstern hat man einen guten Überblick. Sollte sich jemand dem Anwesen nähern, würde man ihn schon lange, bevor er das Gebäude erreicht hat, bemerken und beobachten können. So beschließen sie, es den Vietcong gleichzutun und sich hier oben einzurichten. Bevor es dunkel wird, schaffen sie mithilfe von Veroniques Freunden die dazu notwendigsten Sachen herbei.

Mitten in der Nacht wacht Karl auf. Irgendein Geräusch hat ihn geweckt. Er lauscht in die Dunkelheit. Da ist es wieder. Ein heftiger Schlag, als werfe jemand im unteren Stockwerk eine Tür zu. Vorsichtig schleicht er sich an die Treppe. Nichts. Leise steigt er sie hinab. Doch schon bei der dritten Stufe knarrt sie so laut, dass man es im ganzen Haus gehört haben muss. Erstarrt bleibt er stehen und wartet eine Weile ab. Nichts. Doch dann lässt ihn plötzlich ein dumpfer Schlag direkt neben ihm zusammenfahren. Erschrocken dreht er sich um. Einer der Fensterläden steht offen. Halb aus den Scharnieren gebrochen, wird er vom Wind immer wieder zugeschlagen. Erleichtert atmet Karl auf und geht beruhigt wieder nach oben.

Bevor er sich auf seine Matratze legt, wirft er noch einen Blick aus dem Fenster. Obwohl kein Mond scheint, ist es erstaunlich hell. So kann er selbst in weiter Ferne noch vieles von der Landschaft ausmachen. Nirgends ist ein Licht zu sehen. Einen abgelegeneren und einsameren Ort kann es kaum geben. Palmen biegen sich im auffrischenden Nachtwind. Immer stärkere Böen fegen über die alten Bäume an der einstigen Allee hinweg. Plötzlich erkennt er dort eine reglose menschliche Gestalt. Überzeugt davon, nun endgültig dem Verfolgungswahn verfallen zu sein, reibt er sich die Augen. Doch als er sie wieder öffnet, steht der ungebetene Besucher immer noch am selben Platz und beobachtet das Haus. Die Entfernung ist aber zu groß, um viel mehr, als die schattenhaften Umrisse eines Menschen zu erkennen. Rasch weckt er Veronique. Flüsternd zieht er sie zum Fenster und weist auf die alten Bäume. Schlaftrunken starrt sie in die Nacht hinaus und versucht, etwas zu erkennen. „Ich kann dort niemand finden, du musst dich geirrt haben. Komm, lass uns weiterschlafen". Verwirrt starrt er in die Dunkelheit. Die Gestalt ist tatsächlich verschwunden. Wieder schlägt eine Böe den losen Fensterladen zu.

Nach einer stürmischen Nacht hat sich der Wind am nächsten Morgen gelegt. Noch vor dem Frühstück geht Karl zu der Stelle, wo er die nächtliche Erscheinung gesehen zu haben glaubt. Er weiß eigentlich nicht, wonach er sucht, doch irgendwie lässt ihn das Erlebnis nicht los. „Du glaubst noch immer an dein Gespenst?" Amüsiert hakt Veronique sich bei ihm unter. „Wer soll denn hierherfinden?" Karl antwortet ihr nicht. In Gedanken versunken, mustert er die Umgebung. Die Bäume, die Villa, alles scheint unverändert und doch ist irgendetwas anders als gestern. „Natürlich!" Wie vom Blitz getroffen, fährt er herum. „Der Brunnen!" Aufgeregt zeigt er auf die verwitterten Statuen. „Sieh doch ´mal den Brunnen." „Was soll da sein?" „Siehst du es nicht, das Wasser?" Tatsächlich speit eine der steinernen Figuren wieder Wasser. Plätschernd fällt es in das Becken hinab, um in den vielen Spalten und Rissen gleich wieder zu verschwinden. Auch Veronique wird nun nachdenklich. „Sehr seltsam!" Sie meint, sich daran zu erinnern, dass der Brunnen schon kein Wasser mehr führte, als sie als Kind hier gespielt hat. Auch ihr lässt das jetzt keine Ruhe mehr. Irgendjemand mag ihn repariert haben, doch wer hat das Wasser aufgedreht? Und wozu? Sie ist sich ganz sicher, dass der Brunnen bei ihrer Ankunft gestern noch vollkommen trocken war. Es scheint fast so, als wären hier irgendwelche Geister am Werk. Ihre Freunde waren gestern Abend in die Stadt gefahren und wollten erst morgen zurück sein. Auch ihre Angestellten hatten die Gelegenheit, dass das Anwesen nicht allein zurückbleiben musste, genutzt und waren mitgefahren. Gab es hier also doch irgendwo einen Fremden? Den ganzen Tag muss sie immer wieder daran denken.

Am späten Nachmittag geht sie noch einmal alleine zum Brunnen. Ihr Blick gleitet über die hohen, schlanken Palmen, die alten Bäume, üppig blühenden Pflanzen. Doch plötzlich bleibt er wie versteinert auf dem grünen Verhau nur wenige Schritte vor ihr haften. Sie will aufschreien, doch sie bringt keinen Ton heraus. Zwei Augen starren sie von dort unverwandt an. Halb versteckt hinter den Zweigen eines Hibiskus-Strauchs steht regungslos ein uralter buddhistischer Mönch. Sein Gesicht wird von gewaltigen Furchen gezeichnet. Stark hervorstehende Wangenknochen und weitgehend fehlende Zähne lassen den kahl geschorenen Kopf wie einen Totenschädel aussehen. Sein verschlissenes Gewand verhüllt nur noch ein Skelett. Es ist so ausgeblichen, dass die orangegelbe Farbe kaum noch zu erkennen ist.

Nun ist sie es, die Gespenster sieht. Doch der Alte ist kein Geist. Als Karl auf ihren Ruf herbeieilt, bewegt er sich und geht zögerlich auf die beiden zu. Irgendwie kommt ihr das Gesicht bekannt vor. „Mademoiselle Veronique?" Seine Stimme klingt seltsam unwirklich, so als wehe sie mit dem Wind aus einer fremden Welt zu ihnen herüber. „Schön, dass Sie endlich wieder hier sind. Sie sind lange fortgewesen. Warum leben Sie in der alten Ruine und gehen nicht nach Hause?" Noch immer ungläubig, es wirklich mit einem lebenden Menschen zu tun zu haben, meint sie nun in ihm einen ehemaligen, treuen Hausdiener zu erkennen. „Tung?" Ein Lächeln geht über sein Gesicht. „Tung, was machst du denn hier, wo kommst du her?" Statt zu antworten, scheint er von Erinnerungen und

Emotionen übermannt in die Vergangenheit zu entschweben. „Arme Veronique! Bevor Sie wegfuhren, waren Sie so schwer krank, dass wir alle dachten Sie müssen sterben. Das Fieber! Das Fieber. Schön, dass Sie wieder gesund sind." Dann mustert er Karl. „Und das ist also Ihr Mann? Ihr Vater hat mir gestern erzählt, dass er ihn gerne kennenlernen möchte. Er freut sich daher schon darauf, ihn bald bei sich zu sehen." „Mein Vater ist doch schon lange tot!" „So?" Verwirrt murmelt er etwas Unverständliches, dreht sich um und schreitet würdevoll die Allee hinab. Verblüfft sehen Karl und Veronique ihm nach, bis er sich an ihrem Ende im dichten Grün verliert.

Der Klingelton von Jacks Handy reißt sie aus ihren Gedanken und bringt sie in die Gegenwart zurück. Seine vietnamesischen Partner haben die Situation offenbar langsam wieder in den Griff bekommen. Wie und warum bleibt für sie genauso im Dunkeln, wie die Gründe dafür, warum man zuvor die Kontrolle über das Geschehen verloren hatte. Jedenfalls sind Nelson und David aus dem Polizeigewahrsam wieder freigekommen. Viel hatte die Küstenwache gegen sie ohnehin nicht in der Hand. Sie dürfen auch wieder an Bord gehen. Allerdings mit der Auflage, vietnamesische Gewässer unverzüglich zu verlassen, sobald die Maschine repariert ist. Karl, Veronique und Jack können jetzt ebenfalls ziemlich gefahrlos aus ihrem Versteck kommen. Nach diesen Neuigkeiten machen sie sich schleunigst auf den Weg, um auf das Schiff zurückzukehren, bevor es auslaufen muss. Als Karl sich noch ein letztes Mal nach der alten Villa umdreht, bemerkt er, dass der Brunnen wieder trocken ist. Irgendwie ist er heilfroh, nicht noch länger an diesem mysteriösen Ort bleiben zu müssen.

Gemeinsam mit seinen lokalen Partnern hat Iwami nach einer geeigneten Stelle gesucht, an der die *Kuro Maru* auch alle anderen wieder aufnehmen kann. Nach langen Erwägungen hat man sich schließlich für einen abgelegenen Ort kurz vor der Flussmündung entschieden. Sie hätten tatsächlich keine bessere Wahl treffen können. Als die *Kuro Maru* dort vor Anker geht verhüllen dichte Nebelbänke den breiten Fluss. Von seinen Ufern ist das Schiff kaum noch zu erkennen. Zudem haben heftige tropische Regengüsse die Menschen der Umgebung in ihre Hütten flüchten lassen und die Straßen leergefegt. Ein Küstenwachboot, das *die Kuro Maru* anfangs begleitet hatte, ist nirgends mehr zu entdecken. Irgendwann war es zurückgefallen und verschwunden. Offenbar hat niemand mehr damit gerechnet, dass das Schiff so kurz vor der offenen See doch noch einmal stoppen würde. Vielmehr ist man dort vermutlich davon ausgegangen, dass Nelson kein weiteres Risiko mehr eingehen will und das Land lieber rasch verlässt, bevor es sich jemand anders überlegt und sie erneut festgehalten werden. So gelingt die Operation tatsächlich reibungslos. Erstaunt stellt Karl fest, dass die meisten der nach der Flucht eiligst in alle Winde zerstreuten Frauen plötzlich wie von Zauberhand gelenkt wieder an Bord sind, als das Schiff die offene See erreicht und Kurs auf Borneo nimmt.

Auf See

Die *Kuro Maru* pflügt durch die einsame tropische See. Weit und breit ist kein Land oder anderes Schiff zu sehen. Die Besatzung ist mit Routinearbeiten beschäftigt. Tanakas Leute und die Frauen vertreiben sich die Zeit an Deck. Ausgelassene Rufe, munteres Gelächter. Sie amüsieren sich prächtig miteinander. Wieder wird kräftig dem Alkohol zugesprochen. Nur wenige der Frauen halten sich abseits von dem munteren Treiben und dösen alleine in der Sonne oder haben sich irgendwo im Schatten einen ruhigen Platz gesucht. In Borneo sollen noch Weitere aus Indonesien und von den Philippinen dazustoßen, bevor die *Kuro Maru* zurück nach Japan fährt, um sie dort alle heimlich an Land zu bringen. Außerdem soll zur Tarnung der Operation in Borneo auch irgendwelche unverdächtige Fracht übernommen werden. Veronique und Karl müssen zusehen, wie sie dabei unauffällig von Bord kommen, bevor das Schiff wieder ausläuft. Für Karl wird das sicher nicht schwierig sein, da es ohnehin zu seiner Legende gehört. Veronique muss hingegen alle mit den Gangstern getroffenen Vereinbarungen brechen. Das werden sie zu verhindern wissen und keinesfalls ungestraft lassen. Schon um die Gehorsamkeit ihrer Leute weiterhin sicher zu stellen, werden sie alles tun, damit sie nicht ungeschoren davonkommt. Vor allem aber aufgrund ihres Wissens wird man sie erbarmungslos verfolgen. Vielleicht ist das der kritischste Teil ihrer Unternehmung. Jeder Fehler kann tödlich sein. Dazu müssen vor allem ihre Rollen so glaubwürdig wie möglich gespielt werden. Nichts darf bei Iwami und den anderen irgendeinen Verdacht erwecken, sie seien keine zu verlässlichen Gefolgsleute der Bande.

Veronique kommt mit den Frauen gut aus. Nur eine von Ihnen, Lucy, verbirgt in keiner Weise, dass sie Veronique nicht ausstehen kann. Schon seit sie an Bord gekommen ist, nutzt

Lucy jede Gelegenheit, Veronique zu provozieren. Am Anfang hat sie dazu nur im Kreis der anderen Frauen gelästert, doch nun versucht sie immer mehr, Veronique bei Tanakas Leuten anzuschwärzen oder zu verleumden. Zu ihrem großen Ärger hat sie bislang aber wenig Erfolg damit. Veronique hat stets ruhig und gelassen reagiert und ihre Position souverän behaupten können. Zornig sinnt Lucy darüber nach, womit sie ihre Feindin endlich spürbar treffen kann.

So beschließt sie, Karl zu ihrem Opfer zu machen. Gezielt und mit allen weiblichen Tricks lenkt sie, seine Aufmerksamkeit auf sich. Überrascht, aber auch geschmeichelt nimmt Karl sehr bald wahr, dass sie es offenbar auf ihn abgesehen hat. Beim feuchtfröhlichen abendlichen Zusammensein nähert Lucy sich ihm immer dreister. Veronique scheint das jedoch eher zu amüsieren. „Du hast offenbar eine brennende Verehrerin. Pass nur auf, dass sie dich nicht vergewaltigt". Nach der spöttischen Bemerkung kümmert sie sich nicht mehr um die beiden, sondern wendet sich ihrerseits David zu, der sie schon eine Weile mit einem anzüglichen Lächeln beobachtet. Verdrossen verfolgt Karl, wie sie seine sinnlichen Blicke nun unverhohlen erwidert und sich sogar zu ihm setzt. Was Lucy mit dem ahnungslosen Karl treibt, ist ihr anscheinend egal. Stattdessen zeigt auch sie kaum noch Zurückhaltung gegenüber den Annäherungsversuchen von David. Rasende Eifersucht lässt Karl immer mehr trinken. Lucy wehrt er nicht mehr ab. Im Gegenteil. Rachsüchtig zieht er sie zu sich heran. Erregt spürt er ihre ungestümen Umarmungen. Im Rausch von Begierde und Alkohol entgeht ihm jedoch, dass Lucy dabei Veronique keinen Moment aus den Augen verliert und verstohlen jeden Gesichtszug ihrer Feindin beobachtet. Er kann natürlich auch nichts davon ahnen, dass Lucy dabei immer wütender schließlich zu der Überzeugung gelangt, dass es Veronique tatsächlich völlig gleichgültig ist, was sie mit Karl treibt und sie ihr Spiel verloren hat. So ist er höchst überrascht, als sie plötzlich und unvermittelt von ihm ablässt. Erhitzt, mit wild zerzaustem Haar verlässt sie wortlos den Raum.

Verstört wartet er darauf, dass sie zurückkommt. Tatsächlich taucht sie nach einer Weile sichtlich erfrischt wieder auf. Doch statt sich zu ihm zu setzen, haucht sie ihm nur noch verächtlich ein „Adieu mon amour" zu. Verbittert muss er mit ansehen, wie sie sich nun an den jungen, kraftstrotzenden Jack schmiegt. Laut lachend blicken beide zu ihm herüber. Ganz offensichtlich scheinen sie sich nun auch noch über ihn lustig zu machen. Frustriert dreht Karl sich nach Veronique um. Doch sie und David sind verschwunden.

Tief bekümmert torkelt er an Deck. Der Alkoholrausch und die starken Bewegungen des Schiffs in der langgezogenen Dünung drohen mehrfach, ihn über Bord gehen zu lassen. Nur mühsam und mit viel Glück erreicht er die Reling und hält sich krampfhaft an ihr fest. Vor ihm spielt das glitzernde Mondlicht auf der sonst tiefschwarzen See. Doch er kann darin nichts Romantisches erkennen, sondern sieht in den tanzenden Lichtern eher die Scherben eines gerade erst neu begonnenen und schon wieder zerbrochenen Lebens. „Endlich kannst du nun machen, was du willst," geht es ihm wieder durch den Kopf. Warum nicht zwanzig Jahre früher? Nun ist es für vieles davon ganz offensichtlich zu spät.

Borneo

Es ist früh am Morgen und gerade hell geworden, als die Küste Borneos in Sicht kommt. Irgendwo, noch weit von ihnen entfernt, liegt Kota Kinabalu. Fischerboote kommen ihnen entgegen. Über ihren Netzen kreisen schreiende Möwen. Kleine, der Küste vorgelagerte Inseln und Schären ziehen an beiden Seiten vorbei. Zerklüftete Schluchten und steile Hänge, von undurchdringlichem Busch bewachsen, machen die Inseln weitgehend unbewohnbar. Auf hohen Pfählen über ihren schmalen Stränden oder im seichten Wasser vor ihren Küsten stehen jedoch immer wieder zahllose Holzhütten. Ihre Bewohner leben von dem, was sie aus dem Meer gewinnen können. Zu einem Labyrinth von Plattformen, Stegen und Leitern miteinander verbunden, sind ganze Siedlungen entstanden. Manche von ihnen drängen sich im Schatten von Kokospalmen dicht am Ufer zusammen, andere reichen dort, wo das Meer flach genug dafür ist, weit hinaus auf die Buchten. Selbst die Moschee darf natürlich nicht fehlen. Sonne, Wind und Salzwasser haben die Farbe der meisten Hütten abblättern, und die Wellblechdächer verrosten lassen. Kleine Boote fahren geschäftig zwischen ihnen hin und her oder bringen Dorfbewohner hinüber in die Stadt. Angler sitzen geduldig in ihren Kanus und warten auf den Fang für die nächste Mahlzeit. Rauchfahnen aus den Hütten weisen darauf hin, dass die Frauen schon mit den Vorbereitungen beschäftigt sind. Überall hängt Wäsche im Wind. Vor den Hütten zwischen Waschtrögen, Schüsseln und Benzinkanistern spielen Kinder. Als das Schiff mit langsamer Fahrt an ihnen vorbeigleitet, winken sie ihm fröhlich zu. Fischer reparieren ihre Netze oder kümmern sich um ihre Boote, die sie vor oder manchmal auch unter ihrer Hütte zwischen den im Wasser stehenden Pfählen festgemacht haben.

An Steuerbord sind jetzt in der Ferne ein paar höhere Gebäude zu erkennen, das Zentrum von Kota Kinabalu. Im Hafen liegen, soweit erkennbar, nur wenige größere Schiffe. Die meisten Frachter scheinen in den ausgedehnten Buchten ringsum erst einmal vor Anker darauf warten zu müssen, be- oder entladen zu werden. Die *Kuro Maru* passiert die Stadt in großem Abstand und folgt der Küste. Drei, vier Stunden später hat sie die Stadt weit hinter sich gelassen und ändert ihren Kurs. Sie dreht nach Backbord und läuft in eine zwischen mehreren Inseln gelegene für vorbeifahrenden Schiffe kaum einsehbare Bucht. Außer einem kleinen Pfahlbaudorf, in dem einige wenige Fischer mit ihren Familien leben, ist die Bucht unbewohnt und einsam. Nicht weit von dem Ort entfernt geht die *Kuro Maru* vor Anker.

In kristallklarem Wasser ziehen Schwärme bunter Fische vorbei. Der Anblick der malerischen, friedlichen Tropenlandschaft um sich herum lässt Karl die bedrückenden Ereignisse auf See schnell vergessen, zumal sich Veronique so zu ihm verhält, als wäre nichts geschehen. Nicht zum ersten Male erlebt er, wie Gedanken oder Gefühle, die ihn auf hoher See beherrscht und unentrinnbar gequält haben, mit dem Auftauchen der Küste ihre Bedeutung plötzlich sehr rasch verlieren können. Beide schweigen. Sie wissen, was der andere denkt und fühlt. In Japan hat er gelernt, dass Mimik und Gestik oft viel mehr verraten als Worte. Man muss nur richtig hinsehen.

Das dichte, satte Grün auf den Inseln leuchtet im goldenen Sonnenlicht des späten Nachmittags. Tiefblaues Meer umgibt sie. Scharfe Kontraste sind an die Stelle des Dunstes der Tageshitze getreten. Selbst die einfachen, armseligen Pfahlbauten wirken in diesem unwirklichen Licht fast malerisch. Fasziniert beobachten Karl und Veronique, wie das großartige Farbspiel kurz vor Sonnenuntergang für wenige Momente seinen Höhepunkt erreicht, um dann mit der einbrechenden Dunkelheit jäh zu verlöschen. Ein Naturschauspiel von einmaliger Schönheit. Er muss dabei zurückdenken, wie er noch vor Kurzem mit seinen japanischen Kollegen unter den blühenden Kirschbäumen zusammengesessen hat, um alten Traditionen folgend, ihre Pracht zu feiern. Das Geheimnis der Schönheit läge vor allem in ihrer Vergänglichkeit, hatten sie ihm erklärt. Behielten die Blüten ihre Pracht über Wochen oder gar Monate, ginge ihr Zauber unweigerlich verloren, und man würde sie kaum noch beachten. Das gilt sicher auch hier.

Scharfe Kommandos reißen ihn brutal aus seinen philosophischen Gedanken. Motorengeräusche beenden die friedliche Stille. Neugierig spähen er und Veronique über die Reling. Mehrere Boote kommen an der Bordwand längsseits. Zahllose verängstigte Frauengesichter starren ihn an. Zwei der Männer aus den Booten klettern an Deck. Sie tragen nur einen Sarong[12] Ihre nackten Oberkörper sind mit Bildern von Schlangen und feuerspeienden Drachen tätowiert. Mehrere unübersehbare Narben zieren die dunkelhäutigen, muskulösen Körper. Verfilztes Haar hängt ihnen wirr in das Gesicht. Einer hat ein, an einen Kris[13] erinnerndes Messer in der Hand, der andere eine alte, angerostete Schnellfeuerwaffe. Sie erinnern Karl an Piraten aus einem amerikanischen Spielfilm, den er als Kind gesehen hat. Der Film hat ihn damals so tief beeindruckt, dass ihm bis heute einige Bilder davon im Gedächtnis haften geblieben sind. Höchst lebendig hat er sie nun wieder vor Augen. Jetzt versteht er auch, warum ihn seit der Ankunft vor der

---

[12] Rockartiges Gewand vom Gürtel bis auf den Boden
[13] Schlangenförmiger malaiischer Dolch

Küste Borneos immer wieder das Gefühl beschlich, schon einmal hier gewesen zu sein.

„Los, Geld! Wir nicht ewig Zeit." Ein düsterer, stechender Blick durchbohrt Iwami, als wären es Dolche. Was bildet der sich ein? Iwami kocht vor Wut. Doch ehe er die passenden Worte findet, wird er erneut angebrüllt. „In Kajüte?" Mit herrischer Geste drängt der ältere seiner beiden übellaunigen Partner ihn unter Deck. Mehrere bewaffnete Malaien beginnen indessen die Frauen über das heruntergelassene Fallreep eilig an Bord zu treiben. „Die sind bestimmt nicht freiwillig hier!" Unbemerkt steht Veronique neben Karl und verfolgt ebenfalls das Geschehen. Als die letzten drei Frauen aus dem Boot klettern, springt eine von ihnen in das Meer und versucht zu fliehen. Sie ist ganz offensichtlich eine gute Schwimmerin. Immer wieder taucht sie lange Strecken unter. Im letzten Tageslicht ist sie kaum noch zu erkennen. Dennoch kommt sie nicht weit. Zwei, drei Schüsse peitschen über die See. Voll Grauen verfolgen Karl, Veronique und die anderen Frauen an Deck, wie sie aufhört zu schwimmen und sich das Wasser um sie herum rot färbt. Eines der Boote fährt zu ihr, und die Männer darin ziehen sie erbarmungslos an Bord. Gerade noch rechtzeitig. Angelockt von dem Blut tauchen bereits die ersten unheimlichen Schatten gieriger Haie auf. An ihren Finnen deutlich zu erkennen, kreisen sie immer wieder um die Stelle, wo eben noch die verletzte Frau trieb. Eiskalte Schauder laufen Karl und Veronique über den Rücken. „Was stehst du da und glotzt. Kümmere dich gefälligst darum, den Frauen ihre Kojen zuzuweisen," fährt Iwami Veronique harsch an. Er ist ungewöhnlich nervös in seinem Gürtel stecken plötzlich zwei Pistolen. Er riecht stark nach Alkohol. „Zähle sie noch einmal und sieh sie dir an, ob dir irgendetwas Außergewöhnliches auffällt", ruft er ihr am Niedergang noch nach. Nicht anders als die Verschiffung einer Viehherde, geht es Karl voller Abscheu durch den Kopf. Erst als die Boote mit seinen örtlichen Partnern in der nunmehr stockdunklen Nacht verschwinden atmet Iwami sichtlich erleichtert auf.

„Nun kannst auch du dich endlich einmal nützlich machen", zischt er Karl an. „Du bleibst hier am Fallreep und bist mir verantwortlich, dass nicht noch eine von den Weibern über Bord springt." Bevor er verschwindet, dreht er sich noch einmal zu Karl um. „Wehe dir, wenn beim Auslaufen eine fehlt. Dann gehst du nicht von Bord, sondern fährst wieder nach Japan mit zurück, und ich übergebe dich persönlich den Immigration-Behörden." Betroffen bleibt Karl an der Reling zurück. Aus einem harmlosen Rentner ist er nun also zu einem Helfer einer rücksichtslosen Bande von Menschenhändlern geworden. „Endlich kannst du machen, was du willst!" Das war es bestimmt nicht, was er wollte. Dennoch bleibt ihm im Moment nichts anderes übrig, als zumindest so zu tun, als befolge er den Befehl.

Eine laute Stimme aus dem Schott lässt ihn aufhorchen. Es ist Veronique! Wütend, wie Karl sie bislang noch nie erlebt hat, faucht sie Iwami an: „Tanaka-san hat nur von Frauen gesprochen, die freiwillig nach Japan kommen wollen. Davon kann hier wohl keine Rede sein. Die meisten von ihnen hat man offenbar aus ihren Dörfern verschleppt, um sie zur Prostitution zu zwingen." „Wir müssen uns an den Markt anpassen. Reicht das Angebot der verfügbaren Ware nicht aus, um die Nachfrage zu decken, fordert das Geschäft eben manchmal auch Opfer", grinst er zynisch. Zornesröte steht ihr im Gesicht. Sie holt schon Atem, um ihn anzuschreien, entschließt sich dann aber lieber doch nichts mehr zu sagen.

Sie lässt ihn stehen und läuft zu Karl, der noch immer wie gelähmt neben dem Fallreep an der Reling steht. Schwer atmend vor Erregung aber so, dass es niemand hören kann, flüstert sie ihm zu: „Diese Verbrecher! Sie gehören alle an den Galgen. Unter den Mädchen sind nur ganz wenige Prostituierte, die freiwillig nach Japan wollen." Es fällt ihr schwer, sich zu beruhigen. „Und was ist mit der Frau, die sie aus dem Wasser gezogen haben?" „Nur ein leichter Streifschuss. Sie hat zwar eine Menge Blut verloren, doch offenbar viel Glück gehabt." „Was willst du nun tun?" „Ich weiß es noch nicht, aber mir wird schon etwas einfallen." „Lass uns so schnell wie möglich verschwinden, bevor es zu spät ist. Den Frauen können wir ohnehin nicht helfen." „Aber wir können sie doch nicht einfach im Stich lassen. Wir müssen etwas unternehmen". „Du gibst offenbar nie auf." Resigniert blickt er zum Himmel. Drohend ziehen dort schwarze Wolken auf. Sicher wird es bald regnen.

Auch Veronique ist klar, dass sie rasch handeln müssen. Von David hat sie erfahren, dass das Schiff schon im Morgengrauen auslaufen soll. Womöglich fährt es sogar direkt nach Japan zurück. Dann gäbe es keine Möglichkeit, mehr vorher von Bord zu gehen. Endlich kommt ihr eine Idee. Wild entschlossen eilt sie wieder in die Kajüte der Frauen. Tetsuro hält vor der Tür Wache, damit keine von ihnen verschwindet. Gelangweilt spielt er mit seinem Revolver und beachtet sie kaum. Nach wenigen Minuten kommt sie mit einem Mädchen, das zu den Opfern gehört, die die Gangster gerade an Bord gebracht haben, wieder heraus. „Siehst du, wie schlecht es der hier geht? Ich muss sie dringend eine Weile an Deck bringen, bevor sie sich übergibt und es in der Kajüte für alle noch unerträglicher wird." Tetsuro betrachtet das Mädchen misstrauisch. Er kann eigentlich nicht erkennen, dass es ihr schlecht geht. „Sie wird mir in diesem Zustand sicher nicht weglaufen", beruhigt Veronique ihn, als sie sein Zögern spürt. Bevor er sich zu einer Entscheidung durchringt, hat sie das Mädchen schon an ihm vorbeigeschoben. Schulterzuckend lässt er sie gewähren. Schnell laufen die beiden an Deck und das Fallreep hinab. Entsetzt beobachtet Karl, wie sie sich ins Wasser gleiten lassen und auf das Pfahldorf zuschwimmen, bis er sie nicht mehr sehen kann. Wieder und wieder muss er an die kreisenden Haie denken.

Einsam und reglos liegt das Schiff im Mondlicht. Es ist fast windstill und kaum eine Welle bewegt die Wasserfläche der Bucht. Nirgends ist etwas zu hören. Nur von dem Pfahldorf dringen leise Geräusche herüber. Ungeduldig wartet Karl darauf, dass Veronique und ihre Gefährtin zurückkehren. Immer wieder starrt er auf das dunkle Wasser und versucht etwas von ihr zu erkennen. Drückende Schwüle plagt ihn. Endlich! Ein Schatten, ein Plätschern. Nach einer guten Stunde tauchen die beiden Frauen wohlbehalten wieder auf und klettern an Bord. „Ich habe nun alles vorbereitet. Sobald die Boote da sind, können wir verschwinden. Einige der Frauen werden mit uns kommen", flüstert sie ihm zu. „Was für Boote?" Ungläubig blickt er sie und das neben ihr stehende Mädchen an. „Das ist übrigens Kristy. Sie stammt aus der Nähe von hier. Sie kennt Leute in dem Pfahldorf, mit deren Hilfe wir Boote beschaffen konnten. Sie werden hoffentlich bald hier sein." Wieder einmal bewundert er ihre Entschlossenheit, ihre ungeheure Tatkraft und ihren Mut. „Hast du Iwami-san oder Jack gesehen?" „Nein hier ist niemand mehr. Vor einer Weile habe ich sie noch grölend über das Deck torkeln sehen. Offenbar haben sie ausgiebig darauf getrunken, dass sie die Abwicklung mit ihren Partnern hinter sich gebracht haben. Vermutlich liegen sie jetzt irgendwo herum und schlafen ihren Rausch aus." Veronique strahlt. „Das macht uns alles sehr viel leichter. Dann hole ich die Frauen". Ihre ruhige, feste Stimme erweckt den Eindruck, als sei sie überhaupt nicht nervös."

Als die beiden triefend nassen Frauen an Tetsuro vorbeigehen, kämpft er mühsam mit dem Schlaf. Überrascht mustert er sie. „Wohl eine Dusche genommen? Das tut immer gut." „Nein, es regnet". Er wirft einen gierigen Blick auf die sich unter ihren nassen Kleidern deutlich abzeichnenden Körper der beiden Frauen und wird für einen Moment wieder wacher. „Eure Kleider hättet ihr doch gleich an Deck lassen können!" Doch dann übermannt ihn erneut bleierne Müdigkeit und es folgen keine weiteren Anzüglichkeiten mehr. „Ich werde dir einen starken Kaffee bringen, damit du nicht einschläfst". Veronique spielt die fürsorgliche Komplizin. Nach kurzer Zeit kommt sie mit einer Tasse heißem Kaffee zurück. „Der wird dich bestimmt munter machen!" Dankbar sieht er sie an und stürzt den Kaffee herunter. Er schmeckt zwar seltsam bitter, doch Hauptsache er hält ihn wach. Kurz darauf liegt er jedoch auf dem Boden vor der Kajüte und schläft wie ein Toter.

Es regnet nun tatsächlich in Strömen. Karl flüchtet unter einen Decksvorsprung und wartet. Gewaltige Wassermassen ergießen sich auf das Schiff. Obwohl der Regen mit ohrenbetäubendem Lärm auf einer Persenning direkt neben ihm trommelt, entgeht ihm nicht, dass von der See her neue Geräusche dazukommen. Sie stammen zweifellos von Außenbordmotoren, die sich dem Schiff nähern. Noch ein gutes Stück von der *Kuro Maru* entfernt verstummen sie aber ganz plötzlich, Vorsichtig späht er über die Bordwand. Drei Boote gleiten lautlos auf das Schiff zu und machen am Fallreep fest. Die Bootssteuerer blicken erwartungsvoll zum Oberdeck herauf. Die Augen mit den Händen gegen den herabstürzenden Regen schützend, können sie jedoch kaum etwas erkennen. Vermutlich sind es die Boote, von denen Veronique geredet hat. Feind oder Freund? Er weiß es schon gar nicht mehr.

Schritte hinter ihm lassen ihn herumfahren. Eine dunkle Gestalt löst sich von dem Aufgang zur Brücke und kommt auf ihn zu. Es ist David. Vermutlich hat er die Bootsmotoren gehört. Bevor Karl etwas unternehmen kann, um Veronique zu warnen, steht David schon vor ihm. Ängstlich späht Karl zum Niedergang. Hoffentlich kommt sie nicht gerade jetzt mit den Frauen an Deck, Zu seiner maßlosen Überraschung alarmiert David aber weder seine Leute noch gibt er ihm irgendwelche Befehle, um eine Flucht zu verhindern. Stattdessen flüstert er ihm zu: „Ist euch klar, auf welches Risiko ihr euch da einlasst?" Fassungslos und verwirrt starrt Karl ihn an. Er versteht nun überhaupt nichts mehr. „Meiner Meinung nach ist es heller Wahnsinn, was ihr da macht. Unsere Leute hier werden euch gnadenlos verfolgen und nicht ruhen, bis sie euch beseitigt haben. Aber ich habe nichts gesehen. Viel Glück." Lautlos geht er zur Brücke zurück. Langsam wird Karl klar, dass Veronique den Aussie in ihre Fluchtpläne eingeweiht und dazu überredet haben muss, sie nicht zu verraten. Auch ihn hat sie offenbar verzaubert, geht es ihm durch den Kopf, und er denkt zähneknirschend an den Abend zurück, als sie mit David verschwunden war. Ob er ihm jedoch wirklich vertrauen kann? Wenn sie doch wenigstens nur endlich in den Booten säßen.

Ungeduldig wartet er auf Veronique. Jede Minute erscheint ihm endlos. Seine Nerven liegen blank. Warum braucht sie so lange? Ob Iwami sie erwischt und ihre Fluchtpläne durchkreuzt hat? Er wagt nicht daran zu denken, was passieren würde, wenn sie auffliegen. Iwami und seine Leute sind sicher alles andere als zimperlich in der Wahl der Mittel, Verrat zu bestrafen. Wo mag sie bleiben? Es muss etwas schief gegangen sein. Hat David sie vielleicht doch verpfiffen? Ob er seinen Posten verlassen und nachsehen sollte, was los ist?

Endlich hört er jemand den Niedergang heraufkommen. Er will schon erleichtert hinüberlaufen, doch im letzten Moment erkennt er, dass nicht Veronique, sondern Lucy aus dem Schott getreten ist. Hastig zieht er sich wieder in den Schatten der Aufbauten neben ihm zurück. Lucy sieht sich suchend um. Nachdem sie keine Wache entdecken kann, klettert sie die Treppe zur Brücke hinauf. Karl hört sie dort aufgeregt, fast hysterisch mit David sprechen. „Gut, dass ich dich hier finde. Ist Iwami-san auch hier? Ihr müsst schnell etwas tun. Veronique möchte mit ein paar von den neuen Frauen verschwinden." Er kann nicht verstehen, was David ihr antwortet. Doch schon nach wenigen Minuten kommt sie eilig wieder zurück. Für einen Moment fällt ein Lichtschein auf sie und lässt ein vor Zorn zur Grimasse verzerrtes Gesicht erkennen. Mit welcher Erklärung auch immer, David war offenbar nicht dazu bereit, Iwami zu informieren und etwas zu unternehmen, um die Flucht zu vereiteln. Ihre kreischende Stimme überschlägt sich. „Dann werde ich Iwami-san eben selbst wecken gehen." „Warte einen Moment! Du hast mich sicher falsch verstanden ...". David bemüht sich sie zu beruhigen, doch sie bleibt nicht stehen, sondern läuft noch rascher und ohne sich noch einmal nach ihm umzudrehen zum Niedergang.

Fieberhaft überlegt Karl, wie er noch verhindern kann, dass sie Iwami warnt. Voller Hass denkt er an ihr infames Spiel mit ihm zurück. Als sie ahnungslos an ihm vorbeikommt, springt er kurz entschlossen aus seinem Versteck. „Adieu mon amour!" Über sich selbst höchst erstaunt, stößt er sie, ohne zu zaudern, mit einem heftigen Ruck über die nahe Reling. Ehe sie begreifen kann, was mit ihr geschieht, fällt sie in die Tiefe und schlägt neben der Schiffswand auf dem Wasser auf. „Hoffentlich fressen dich die Haie. Du hast nichts anderes verdient."

Gerade als er nachsehen will, ob und wo sie wieder auftaucht, kommt Veronique endlich mit mehreren Frauen an Deck und drängt sie in die wartenden Boote. Als die Letzte von ihnen heraus ist, schließt Karl das Schott und klemmt einen Balken so davor, dass jeder Verfolger sich erst mühsam und zeitraubend davon befreien muss. Hastig eilt er selbst das Fallreep hinab. Zwei der Boote haben schon abgelegt. Im letzten Moment springt er auf das Dritte. Fast wäre er über Bord gegangen, als es sich aufbäumt, um mit voller Kraft den anderen zu folgen. Mit dröhnenden Motoren verlieren sich die Boote in den dichten Regenschleiern der dunklen Nacht. Auf dem Schiff regt sich nichts. Iwami und Jack schlafen so fest, dass sie weder die lauten Bootsmotoren noch sonst irgendetwas gehört haben. Tetsuro ist außer Gefecht gesetzt. Nelson hat sich schon seit Tagen nicht mehr sehen lassen. Offenbar ist er in ein dauerhaftes Delirium gefallen. Nur David hat das Geschehen reglos beobachtet, und tatsächlich nichts dagegen unternommen. Warum, bleibt sein Geheimnis.

Immer noch in rasender Fahrt geht es aus der Bucht hinaus und an mehreren Inseln vorbei auf das Festland zu. Nur wenige in großer Entfernung vorbeiziehende Lichter deuten auf entlegene Siedlungen hin. Weit ab von der *Kuro Maru* drosseln die Boote schließlich ihre Geschwindigkeit. Kurz darauf zeichnen sich deutlich erkennbar, dunkle Pfahlbauten vor dem Nachthimmel ab. Die Boote stoppen die Motoren und gleiten langsam unter die Hütten. Lichter flackern auf. Männer klettern zu den Booten herab und machen sie fest. Andere kommen hinzu und helfen den Frauen über Leitern und Stege in eine der Hütten. Verstört und verängstigt setzen sie sich dort auf den Boden und warten darauf, was mit ihnen geschieht. Willenlos folgen sie allen Anweisungen. Es dauert eine Weile, dann kommt ein Mann, führt sie wiederum über lange Stege an Land und verschwindet mit Ihnen in der Dunkelheit. „Die dürften gerettet sein!" Erleichtert atmet Veronique auf. Nur Kristy ist zurückgeblieben. Sie scheint hier zu Hause zu sein. „Und was wird jetzt aus uns?" Erwartungsvoll schaut Karl zu Veronique. „Du hast doch offenbar für alles eine Lösung." Sie lächelt. „Lass uns erst einmal etwas schlafen." Kristy führt sie in einen Nebenraum. „Hier seid Ihr zunächst sicher."

Am nächsten Morgen werden sie von ihr wieder geweckt. Aufgeregt berichtet sie, dass die *Kuro Maru* nicht erst im Morgengrauen, sondern schon in der Nacht verschwunden ist. Nachdem Iwami die Flucht bemerkt hat, hat er sich offensichtlich dazu entschieden, schnellstens auszulaufen, bevor man ihm die Küstenwache auf den Leib hetzt. Lieber mit den ihm verbleibenden Frauen nach Japan zurückkehren, als hier Zeit mit sinnloser Suche nach den Geflohenen zu verbringen. Im Zweifel würde er nur riskieren, dabei aufzufliegen, wenn die Absichten der *Kuro Maru* nicht sogar schon aufgeflogen sind. Ganz sicher hat er auch keine Lust dazu, es noch einmal mit den unberechenbaren und abschreckenden Piraten zu tun zu bekommen, die hier seine lokalen Partner sein sollen. Dafür müssen Karl und Veronique sie umso mehr fürchten. Sicher hat die Bande von der Flucht erfahren und wird alles tun, um sie zu finden, bevor sie Borneo verlassen haben. Doch um das Land verlassen zu können und nicht als illegal eingereiste Ausländer am Flughafen verhaftet zu werden müssen sie sich aber erst einmal Einreisepapiere besorgen, ein riskantes Unterfangen von dem sie noch nicht wissen, wie sie es angehen sollen. Womöglich bringt man sie dabei mit den Menschenhändlern in Verbindung und hält sie für deren Komplizen. Eine fatale Situation. Glücklicherweise haben sie durch die Befreiung Kristys und der anderen Frauen hier viel Respekt und dankbare Freunde gewonnen. Obwohl die Dorfbewohner brutale

Vergeltung fürchten müssen, falls die Verbrecher von ihrer Mithilfe erfahren, haben sie dennoch keinen Augenblick gezögert, Karl und Veronique sogar in einer ihrer Hütten zu verbergen. Dabei können sie sich offenbar auf den Zusammenhalt der Nachbarn verlassen und müssen nicht fürchten, von einem von ihnen verraten zu werden. Eindringlich werden Karl und Veronique von ihnen gewarnt, sich auf keinen Fall in Kota Kinabalu blicken zu lassen. Dort gäbe es zu viele Augen und Ohren. Dem Rat ihrer neuen Freunde folgend, beschließen sie erst einmal ein paar Tage in ihrem Versteck abzuwarten, bis sich alle Aufregung um die Kuru-Maru gelegt hat.

Zur Tatenlosigkeit verurteilt, sitzen sie vor ihrer Hütte und schauen zu, wie die Fischer mit ihren schmalen Auslegerbooten emsig hin- und herfahren, um ihre Netze auszuwerfen, einzuholen oder die Reusen zu kontrollieren. Die einfachen Mahlzeiten, die man mit ihnen teilt, sind allerdings für europäische Mägen höchst gewöhnungsbedürftig. Prompt verdirbt sich Karl den Magen. Schon kurz nach dem Essen leidet er unter heftigen Magenkrämpfen und muss sich erbrechen. In der Hoffnung, dass ein geheimnisvolles Hausmittel der Nachbarn hilft, warten sie erst einmal ab. Doch Karls Widerstandskräfte reichen nicht mehr aus und es geht ihm immer schlechter. Veronique will nicht länger tatenlos zusehen, wie er zunehmend verfällt. In der Nähe gibt es keinen Arzt, doch nicht weit von hier soll ein chinesischer Händler Medikamente verkaufen und medizinische Ratschläge geben. So beschließt sie, das Risiko einzugehen und ihr Versteck kurz zu verlassen, um dort etwas zur Behandlung zu suchen. Eine temperamentvolle Nachbarsfrau hat sich angeboten, sie mit ihrem Motorroller dorthin zu bringen. In atemberaubendem Tempo geht es durch enge Kurven und tiefe Pfützen. Eisern versucht

Veronique zu verhindern, dass der Strohhut im Fahrtwind davonfliegt, unter dem sie ihr Gesicht weitgehend verborgen hält.

Karl bleibt allein zurück. Es ist brütend heiß. Kraftlos liegt er auf einer der harten, geflochtenen Matten mit denen der Holzboden der Hütte ausgelegt ist. Schweißgebadet und mit glasigen Augen starrt er auf eine große, haarige Spinne, die nur eine Armlänge entfernt von ihm in ihrem Netz gierig auf Beute wartet. Immer wieder bekommt er nun auch noch Schwindelanfälle. Der Raum beginnt sich zu drehen. Wieder muss er sich erbrechen. Stöhnend vor Anstrengung verliert er fast das Bewusstsein. Vergeblich bemüht er sich zur Toilette zu kommen, doch seine Beine versagen ihren Dienst. Sie knicken ein und er sinkt zu Boden. Mühsam kriecht er zurück auf seinen Schlafplatz. Zäh vergeht die Zeit. Veronique bleibt verschwunden. Fieberträume quälen ihn. Die Spinne neben ihm wird größer und größer. Ob sie bald groß genug ist, um ihn zu verschlingen?

Die Sonne geht unter. Letzte Strahlen spielen im Dachgebälk, bis sie von den dort rasch wachsenden Schatten verschluckt werden. Lautlos flattern Fledermäuse gespenstisch durch den immer dunkler werdenden Raum. Das Fieber steigt und er hat das Gefühl, sein Schädel wird jeden Moment in tausend Teile zerspringen. Wirre Gedanken gehen durch seinen Kopf. Plötzlich sieht er den alten Mönch aus Vietnam wieder vor sich. Er hört seine seltsam unwirkliche Stimme, als käme sie nun endgültig aus dem Jenseits. „Das Fieber! Das Fieber." Gemeinsam mit dem Mönch läuft er an dem wild plätschernden Brunnen vorbei. „Komm, Veroniques Vater wartet schon auf uns." Er folgt dem Alten, und beide schreiten die Allee entlang, bis die Bäume rechts und links verblassen. Erschrocken reißt Karl die Augen weit auf. Womöglich träumt er überhaupt nicht, sondern ist schon tot? Doch dann würde er sicherlich den Schmerz in seinem Rücken nicht mehr spüren. Mühsam wälzt er sich auf die andere Seite. In einer armseligen Behausung am Ende der Welt auf einer zerschlissenen Bastmatte zu sterben, entspricht sicherlich nicht dem, was er wollte, als er auszog, um neue Perspektiven für sein Leben zu suchen.

Wieder dringt das Geräusch von plätscherndem Wasser an sein Ohr. Doch diesmal klingt es ganz anders als an dem Brunnen vor der alten Villa. Obwohl es keine Wellen gibt, kommt es vom Meer unter ihm. Eine Holztreppe knarrt, Schritte kommen näher. Langsam öffnet sich die Tür und er sieht Veronique Arm in Arm mit dem jungen David den Raum betreten. Sie kommen näher und näher. Veronique beugt sich jetzt über ihn, rüttelt ihn. Er hört, wie sie David zuflüstert: „Der Alte ist noch immer nicht tot!" Karl will aufspringen, doch ihm fehlt dazu jede Kraft. Erneut rüttelt Veronique an ihm. „Wie geht es dir?" Wütend und zutiefst enttäuscht öffnet er die Augen. „Verräterin," presst er durch verzerrte Lippen. Wieder verschwimmt alles vor ihm, und David verwandelt sich plötzlich in Kristy. „Er hat offenbar Fieberträume", raunt Veronique ihr zu. Angestrengt versucht er, die beiden Frauen deutlicher zu erkennen. Er blickt nun in zwei besorgte Gesichter. „Hier nimm die Medizin." Sie reicht ihm ein Glas, in dem sie eine Tablette aufgelöst hat. Verwirrt richtet er sich etwas auf, greift es und führt es zögernd zum Mund. „Gift?" Er sucht ihre Augen. Endlich findet er sie. „Veronique! Du bist es. Du bist zurück." Ein Lächeln huscht über sein Gesicht und er trinkt das Glas aus.

Es ist spät in der Nacht, als Karl und Veronique ihr Versteck über einen der vielen Stege verlassen. Der Wind ist eingeschlafen. Nichts bewegt sich. Alles um sie herum wirkt wie erstarrt. Selbst das Meerwasser unter ihnen ist spiegelglatt, reglos. Totenstille umgibt sie. Der Steg ist so schmal, dass sie kaum nebeneinander gehen können. Er ist endlos lang und verliert sich irgendwo vor ihnen in undurchsichtiger Dunkelheit. Schwere, düstere Gewitterwolken treiben langsam am Himmel vorbei. Nur ab und zu kommt der Mond für einen kurzen Moment hinter ihnen hervor. Gerade als sein fahles Licht wieder auf den Steg fällt, treten plötzlich zwei Männer aus dem Nichts. Die Drachen- und Schlangenbilder auf ihren Körpern, die Waffen in ihren Händen, kein Zweifel, es sind die beiden Banditen, die die Frauen auf das Schiff gebracht haben. Sadistisches Grinsen verzerrt ihre Gesichter zu diabolischen Fratzen. „Wohin so eilig?" Die Messerklinge blitzt auf. „Habt ihr wirklich gedacht, uns entkommen zu können?" Wieder das breite Grinsen. Stille. Dann ertönt die Geisterstimme des anderen. „Greif dir das Flittchen. Ich kümmere mich um den Alten!" Den Alten? Den Alten! Unbändige Wut erfasst Karl und er stellt sich vor Veronique. Krankheit und Fieber sind wie weggeblasen, jegliche Furcht verschwunden. „Versucht nur, ihr irgendetwas anzutun, dann bringe ich euch um!", schreit er sie an. Plötzlich hat er ein Messer in der Hand und stürmt ihnen wild entschlossen entgegen. Überrascht weichen sie tatsächlich zurück und flüchten wieder in die Dunkelheit, aus der sie gekommen sind. Stolz nimmt Veronique Karl in ihre Arme und küsst ihn voller Leidenschaft.

Tokyo

„Veronique?" Schweißgebadet erwacht Karl aus schwerem, tiefem Schlaf. Noch immer verwirrt, tastet er um sich. „Veronique?" Langsam kommt er zu sich und beginnt zu begreifen, dass alles nur ein Traum war. „Veronique!" Ihr Gesicht vor Augen, versucht er sie verzweifelt festzuhalten. Vergeblich. Sie entschwindet seinen Armen. Mit ihr lösen sich auch die Pfahlbauten, Palmen und ankernden Schiffe in den zauberhaften Buchten in nichts auf. Da ist kein Steg und er hat kein Messer in der Hand. Er liegt im Bett seines Apartments in Tokyo. Voll bekleidet. Nur die Schuhe hat er auf den Boden geworfen. Außer ihm ist niemand da. Enttäuscht muss er erkennen, dass er nie auf der *Kuro Maru* gefahren ist. Er war nie in Vietnam. Auch nicht in Borneo. Es gab keine tropischen Nächte auf mondbeschienener See, die er gemeinsam mit Veronique von der Reling des Schiffs betrachtet hat. Dass ihn dafür auch keine Piraten bedroht und David ihm nie Veronique streitig gemacht haben kann, tröstet ihn dabei nur wenig. Schmerzhaft muss er erkennen, dass sie ihn nie geküsst und er sie in keiner Koje jemals in seinen Armen gehalten hat. Er kann es noch immer nicht fassen. Sollte wirklich alles nur ein Traum gewesen sein? Stattdessen tauchen alptraumartig die Bilder der vergangenen Nacht wieder vor ihm auf: Tanakas Terrasse, die Pflanzen, die Liegen, die kraftstrotzenden, tätowierten Leiber und stupiden Gesichter der fremden Männer vor denen sich Veronique auszieht. Er spürt Gabrielles langes Haar an seiner Wange. Verschwommen erinnert er sich an die Rückfahrt mit ihr im Morgengrauen, die bleierne Müdigkeit.

„Wie war der Ausflug?" Die banale Frage seiner Bürokollegen am nächsten Tag trifft ihn wie ein Peitschenhieb. Ein Ausflug? Er hat keinen Ausflug gemacht, er hatte ein neues Leben begonnen! „War wohl ganz schön anstrengend?" Ihm ist, als stoße man ihm mit dieser Bemerkung auch noch ein Messer ins Herz. Wirkt er tatsächlich schon wie ein alter Mann, der sich lieber über seine Bücher beugen sollte, anstatt noch immer aufregende Abenteuer zu suchen oder sich von einer attraktiven Frau betören zu lassen? Sollte die unbändige Sehnsucht nach einem neuen, anderen Leben ihm den Blick für die Wirklichkeit verschleiert haben? Oder macht man sich über ihn lustig und will ihm böswillig seine letzten Illusionen nehmen? Wie auch immer die Antworten lauten mögen, denkt er nicht daran, sich geschlagen zu geben. Irgendetwas hat ihn verzaubert und lässt ihn unbeirrt weiter an eine Zukunft mit Veronique glauben. „Endlich kannst du nun machen, was du willst..." vielleicht liegt die Entscheidung, was er will, schon längst nicht mehr bei ihm, sondern bei den Geistern, die ihn beherrschen und denen er schon seit seiner ersten Begegnung mit Veronique hilflos ausgeliefert zu sein scheint.

Doch Veronique ist erneut spurlos verschwunden. Auf der Telefonnummer, die sie ihm gegeben hat, meldet sich niemand mehr. So sitzt er abends wieder im Starbucks und hofft darauf, dass sie zurückkehrt. Vergeblich. Er irrt durch Roppongi, drängt sich immer wieder durch das „Motown", blickt in unzählige Gesichter. Das von Veronique ist nicht dabei. Er sucht die Adresse der von ihr genannten Zeitschrift heraus und fährt wild entschlossen dorthin. „Ich bedaure, aber bei uns arbeitet keine Veronique." „Aber ich habe doch nicht geträumt. Ich habe sie selbst getroffen, war mit ihr zusammen, als sie mir das erzählt hat." Die Rezeptionistin sieht ihn fast mitleidig an, als sie seine Enttäuschung spürt. „Vielleicht irren Sie sich im Namen der Zeitschrift. Arbeitet diese Frau vielleicht für die..." und sie nennt drei, vier Namen von anderen französischen Medien. „Nein, es war ganz sicher Ihre Zeitschrift. Sehr seltsam. Aber haben Sie vielen Dank. Sie waren sehr freundlich". Verwirrt und geistesabwesend nimmt er sich eines der ausliegenden Exemplare der Zeitschrift und verlässt das Büro. Es vergehen weitere Tage, ohne dass er eine Spur von ihr findet.

Ob er ihr vielleicht überhaupt nur im Traum begegnet ist? Er beginnt an seinem Verstand zu zweifeln. Die Treffen im Starbucks, im Motown, der Ausflug nach Izu, der Abend bei Tanaka, all das hat er doch wirklich erlebt. Das waren keine Fantasiegebilde. Er muss sich Gewissheit verschaffen, dass wenigstens diese Erlebnisse keine Hirngespinste waren. Verstört mietet er am Wochenende ein Auto und fährt nach Izu. Er findet die Bucht, in der die *Kuro Maru* lag. Alles sieht genauso aus, wie er es in Erinnerung hat. Sogar die Fischer auf der Pier sind dieselben. Aber es gibt kein Schiff. Der Platz vor der hohen Felswand ist leer. Er geht zu den Alten herüber und begrüßt sie. Auch sie scheinen sich an ihn zu erinnern und lächeln ihm freundlich zu. „Wo ist das Schiff, das beim letzten Mal hier lag?" Ratlos blicken sie ihn an. Offenbar haben sie ihn wieder nicht verstanden. Ein neuer Versuch. „Bad People…? Die bösen Leute? *Doko desu-ka?* Wo sind sie?" Mit fragender Miene zeigt er auf die Stelle, wo die *Kuro Maru* gelegen hat. Doch wieder bekommt er keine Antwort, wieder bleibt es nur bei einem freundlichen Lächeln.

Auf dem Rückweg zum Auto fällt sein Blick auf den kleinen Schrein. Vielleicht sollte er die Geister fragen, welche Spiele sie mit ihm spielen. Er geht hinüber und sieht hinein. Der Rauch von brennenden Räucherstäbchen verhüllt das Innere. Er kann kaum etwas erkennen. Die Konturen der Einrichtungsgegenstände haben sich aufgelöst, als sei alles hinter wehenden Schleiern verborgen. Ein schmaler Sonnenstrahl dringt in den Raum und spielt mit dem gespenstigen Nebel. „Macht euch nur lustig über mich", faucht er zornig und verlässt den geweihten Ort. Wieder draußen, übermannt ihn seine ganze

Ohnmacht, Wut und Enttäuschung. „Macht euch nur lustig über mich," schreit er so laut er kann hinaus auf die Bucht. „Lustig, lustig, lustig …," hallt das Echo von den hohen Felswänden um ihn zurück.

Als er sein Auto öffnet, fällt sein Blick auf den Rücksitz. Dort liegt die Zeitschrift aus Veroniques vermeintlichem Büro. Seltsam. Er kann sich nicht daran erinnern, sie mitgenommen zu haben. Nachdenklich blättert er in ihr. Plötzlich beginnt sein Herz wie rasend zu schlagen. Dort findet er die Fotos, die er von hier in Sicherheit gebracht hat. Mit zitternder Hand blättert er weiter. Ein langer Artikel berichtet über den Frauenhandel in Fernost. Es ist, als habe jemand nicht nur seine Erlebnisse, sondern selbst seine Träume mitgeschrieben. Eiskalte Schauder laufen ihm über den Rücken. Hat er vielleicht doch nicht geträumt? Unterschrieben ist der Artikel nur mit „V.B.". Es muss sie also geben, die geheimnisvolle Veronique Bian! Er sieht wieder hinüber zum Schrein. Die Sonnenstrahlen auf seinem Eingang sind verschwunden, und im Schatten der Zedern ist er jetzt kaum noch zu erkennen.

Sibirien

Wenige Tage später hat Karl seinen Auftrag erledigt und fliegt zurück nach Europa. Zurück in seine eigene Welt. Neben ihm sitzt ein Japaner. Er trägt einen auffallend abgenutzten Anzug. Auch Hemd, Krawatte und Schuhe leisten ihm offenbar schon viele Jahre, wenn nicht sogar Jahrzehnte, ihre Dienste. Nur sein Laptop ist brandneu. Sein Schädel könnte einer der verwitterten, steinernen Ahnenfiguren aus den Höhlen von Nokogiriyama[14] entnommen sein. Mit seinem weißen Haar und der von zahllosen markanten Falten gezeichneten Pergamenthaut vermittelt er den Eindruck, als gehöre er in eine längst vergangene Epoche. In seltsamem Kontrast dazu wirken seine Augen sehr lebendig, fast so als gehörten sie einer anderen Person. Auch wenn er ein wenig gespenstisch wirkt, übt er auf Karl dennoch eine unerklärliche Anziehungskraft aus.

Umständlich durchwühlt er sein Handgepäck. Schließlich zerrt er erleichtert ein Kästchen mit Medikamenten aus dem Wirrwarr. Nachdem er seine Tabletten eingenommen hat, macht er sich erneut auf die Suche. Diesmal gilt sie Papieren, die er benötigt, um an seine Arbeit gehen zu können. Seufzend fördert er sie endlich zutage, stopft sie mühsam zu den Zeitschriften in der schmalen Ablage vor ihm und beginnt mit mageren, leicht zitternden Händen auf seinem Laptop herum zu tippen. Dann geschieht, was geschehen musste: Die Unterlagen fallen ihm auf den Boden und verteilen sich um Karls Füße. Eine unverzeihliche Belästigung. Entsetzt über seine Ungeschicktheit murmelt er immer wieder „Sumimasen. Taihen shitureiitashimashita, Entschuldigung, ich war sehr unhöflich". Nach zahllosen Verbeugungen sammelt er die Papiere stöhnend auf. Als Täter eines schrecklichen Verbrechens fühlt er

---

[14] Kultstätte mit Ahnenfiguren in Boso Hanto nahe Tokyo

nun die Verpflichtung, sich seinem Opfer vorzustellen. Mit zerknirschtem Gesicht und der japanischen Etikette entsprechend überreicht er Karl mit beiden Händen und erneuter Verbeugung seine Visitenkarte. Sie weist ihn als Mitarbeiter und Berater eines großen japanischen Handelshauses aus. „Hasegawa to moshimasu. Hajimemashite." „Mein Name ist Hasegawa. Nett Sie kennengelernt zu haben". Es folgen weitere Verbeugungen. Freundlich lächelnd, und wie er es in Japan gelernt hat, folgt Karl seinem Beispiel. Nach dieser Zeremonie wenden sich beide wieder schweigend ihren eigenen Dingen zu.

Erst als die Arbeitsutensilien verstaut werden müssen und die Stewardess das Essen serviert hat, greift Hasegawa mit seiner seltsam rauchigen Stimme das Gespräch wieder auf. „Wann werden Sie sterben?" Verblüfft sieht Karl ihn an. „Wie bitte?" „Ich meine, wie viel Jahre glauben sie noch zu leben?" Etwas irritiert über das makabre Tischgespräch verweist Karl auf das statistische Durchschnittsalter, das seiner Erinnerung nach für Männer bei Mitte siebzig liegt. „Sie sind sehr pessimistisch, Karl-san. Danach müsste ich schon tot sein. Glauben sie denn nicht an den Fortschritt der Medizin und Pharmazie, die Pflegeroboter, an die besser gesteuerte Ernährung? Ich gehe jedenfalls davon aus, dass ich weit über hundert werde. Auch wenn ich älter als Sie bin ist meine restliche Lebenserwartung also mehr als doppelt so hoch wie Ihre", rechnet Hasegawa ihm vor und fügt hinzu: „Da muss ich natürlich ganz anders planen als Sie. Meine Firma hat mir auch schon eine neue Aufgabe in Aussicht gestellt, für die meine Erfahrungen und Verbindungen besonders wertvoll sein werden." „Ihr Netzwerk dürfte doch nur noch aus Rentnern bestehen, die keinen Einfluss mehr haben", wendet Karl ein. „Bei ihnen mag das so sein, aber nicht in Japan." „Und Ihr längeres Leben wollen sie also nur dazu nutzen, um noch jahrelang weiterarbeiten zu können?" „Aber natürlich! Was denn sonst? Soll ich etwa zu Hause sitzen und meiner Frau auf die Nerven gehen? Dafür bin ich nun wirklich noch viel zu jung." Hasegawa lächelt gütig, als er Karls verdutztes Gesicht sieht. „Gaijin[15]..." Kopfschüttelnd murmelt er noch etwas auf Japanisch und will wieder an seine Arbeit gehen, doch der Akku seines Laptops ist leer. „Haben Sie meine Brille gesehen? Der verdammte Stecker des Ladekabels klemmt!" Jetzt muss Karl lächeln. „Die Brille haben Sie doch auf! Und das Ladekabel in Ihrer Hand gehört zu Ihrem Handy, nicht zum Laptop...".

Karl sieht aus dem Fenster. Es ist diesig und er kann nicht viel erkennen. Sie müssen längst über russischem Gebiet sein. Japan und der Stille Ozean sind in weiter Ferne hinter ihnen versunken. Sein Nachbar sitzt eine Weile schweigend in seinem Sessel. Nachdenklich wandern seine Blicke immer wieder zu Karl. Schließlich bricht er das Schweigen. „Was haben Sie denn in Japan gemacht?" Karl kommt es so vor, als würde Hasagawa-sans Stimme mit der zunehmenden Entfernung von seinem Heimatland immer leiser. Von der für einen Japaner sehr direkten Frage überrascht, fragt sich er sich, was er ihm antworten soll. Was hat er gemacht? Für eine Firma Probleme gelöst... Doch das hält er kaum für erwähnenswert. Eine aufregende Frau kennengelernt... Das geht den Mann nichts an. Mit Menschenhändlern Südostasien bereist... Davon sollte er lieber nichts erzählen, zumal er es wohl nur geträumt hat. So fällt seine Antwort sehr abstrakt, fast philosophisch aus. „Ich wollte Menschen aus fremden Kulturen begegnen, exotische Plätze besuchen und Abenteuer bestehen." Hasegawa macht

---

[15] Ausländer

ein erstauntes Gesicht. So eine Antwort hat er nicht erwartet. Gewöhnlich nennt der mit dieser Frage Angesprochene, sofern er auch Geschäftsmann ist, den Namen seiner Fima und gibt gegebenenfalls ein paar Erläuterungen zu seinen Produkten. Viele lassen dabei zugleich deutlich erkennen, dass sie ihre Ruhe haben und keine Gespräche führen wollen. Andere beschreiben hingegen in allen Einzelheiten ihre Aufgabe oder erzählen unbeirrt von ihren zahlreichen Erfahrungen im Gastland und sonst wo auf der Welt, ohne zu merken, wenn sie ihren Sitznachbarn damit tödlich langweilen. Hasegawa gehört sicher eher zu den Schweigsamen, doch Karls Antwort hat ihn neugierig gemacht und dazu animiert, weiter nachzufragen. „Und... haben Sie Ihre Ziele erreicht?" „Ja, aber seltsamerweise ist mir das meist erst im Nachhinein aufgefallen. Meine Erlebnisse habe ich zunächst gar nicht als Abenteuer, ihre Schauplätze nicht als exotisch und die Menschen nicht als fremdartig empfunden." Hasegawa muss lächeln. „Hätten Sie Japan zur Zeit meiner Kindheit besucht, wäre die Reise für Sie vermutlich ein einziges exotisches Abenteuer gewesen. Aber mir ist es auch schon so ergangen. Auch Ihr Land gleicht vermutlich immer mehr dem meinem. Die Welt ist eben zusammengewachsen. Aber glauben Sie mir, das gilt nur für Äußerlichkeiten. Hinter den Fassaden bleibt noch vieles fremd.

Entsprach das, was Sie erlebt haben denn Ihren Erwartungen?" „Ich habe viele interessante Erfahrungen machen können. Mit ihnen sind zwangsläufig aber auch manche Illusionen und Fantasievorstellungen zerplatzt." Dass er ursprünglich sogar darüber nachgedacht hat, ganz nach Asien zu wechseln, um dort ein neues Leben zu beginnen erwähnt er nicht. Ernüchtert von der Realität hat er den Gedanken nicht nur längst aufgegeben, sondern hält ihn mittlerweile sogar für ziemlich absurd. Auch, dass er bei seinen Erlebnissen nicht immer zwischen

Traum und Wirklichkeit zu unterscheiden vermochte, behält er für sich.

„Ja, ja, die Illusionen…, die Illusionen." Erneut huscht ein Lächeln über das Gesicht des greisen Japaners. Reglos verharrt er eine Weile in seinem Sessel, ohne etwas zu sagen. Karl meint zu spüren, wie sich seine Gedanken dabei irgendwo in der Ferne verlieren. Gerade wollte er sich von ihm abwenden, als er plötzlich wieder die Stimme des unheimlichen Mannes vernimmt. „Sind Sie nicht ein wenig zu alt für Abenteuer?" Diesmal ist es nur noch ein kaum verständliches Flüstern. „Nehmen Sie es mir nicht übel, aber ich habe auch nicht den Eindruck, dass Sie ein Abenteuertyp sind. Sie scheinen mir eher zu den Menschen zu gehören, die aufgrund ihres ausgeprägten Strebens nach Berechenbarkeit und der Abscheu vor jeder spontanen Entscheidung allem Unbekannten möglichst aus dem Weg gehen. Jedes Risiko von vornherein vermeiden wollen. So wird man kaum Abenteuer finden können. Auch auf Exotik wird man nur stoßen, wenn man sich darum bemüht und sich nicht davor scheut, exotische Plätze oder Menschen zu besuchen." Wieder schweigt er und schaut Karl nachdenklich an. Irgendwie erinnert er ihn jetzt für einen Moment an seinen Vater. Oder an seinen Großvater? „Ich vermute, dass nur wenige Wunschträume in Ihrem Leben in Erfüllung gegangen sind. Und nun müssen Sie immer häufiger feststellen zu alt zu sein, um Versäumtes nachholen zu können".

Tief getroffen von seinen Bemerkungen starrt Karl ihn an, als käme er von einem anderen Stern. Genau zu diesen Erkenntnissen ist auch er nach dieser Reise gelangt. Doch wie kann der alte Mann das alles wissen? Schließlich sind sie sich erst vor wenigen Stunden das erste Mal begegnet und die meiste Zeit davon haben sie nicht einmal miteinander geredet. Er kann das alles wohl kaum in seiner Mimik gelesen haben.

Verfügt er über hellseherische Fähigkeiten? Karl hat viel über asiatische Weisheit gelesen, doch Hasegawas Analyse übertrifft das alles und macht ihn ziemlich fassungslos.

„Wenn Sie ehrlich mit sich selbst sind, werden Sie zugeben müssen, dass Sie, anstatt alles zu tun, um Ihre Träume in Realität zu verwandeln, im Laufe der Jahre immer häufiger vor der Realität in Träume geflüchtet sind. Doch das ist kein Grund zu verzweifeln. Sie sollten sich vielmehr ernsthaft fragen, ob das, was Sie so sehr bedauern eigentlich wirklich bedauernswert ist." Karl ist verblüfft. Der Gedanke des weisen alten Orientalen lässt ihn nicht mehr los. Hat er tatsächlich so viel verpasst wie er befürchtet? Was, wenn er zwar von Abenteuern geträumt hat, sie aber gar nicht ernsthaft selbst erleben wollte? Lag ihm wirklich so viel daran, in einsamer Bucht in Izu gefährlichen Gangstern zu begegnen, auf der Flucht nachts im Mekong zu schwimmen oder fern von jeder ärztlichen Versorgung krank in einer armseligen Hütte in Borneo zu liegen? Könnte er nicht genauso gut ohne solche Ereignisse leben? Ist es nicht ausreichend, solche Abenteuer oder Exotik bequem und sicher in Filmen oder Büchern zu verfolgen? Wenn er ehrlich ist, müsste er die letzten beiden Fragen sicherlich mit einem klaren Ja beantworten, auch wenn ihm bewusst ist, dass ihm damit irgendetwas Unerklärliches verloren geht, so wie er es gerade jetzt erlebt.

Versonnen blickt er wieder aus dem Fenster. Wie seit Stunden zieht dort unten das frühsommerliche Sibirien vorbei. Die Sonne geht zu dieser Jahreszeit hier im hohen Norden nicht mehr unter. Endlose von unzähligen Flüssen durchzogene einsame Tundra. Sattes Grün in den unterschiedlichsten Schattierungen hat das eintönige Weiß des Winters abgelöst. Die kräftigen Farben lassen erahnen, dass dort unten nun alles blüht und wächst. Obwohl er das Land nur in weiter Ferne überfliegt, meint Karl dennoch zu sehen, zu spüren, zu riechen, wie die Natur wieder zu prallem Leben erwacht ist. Alle seine melancholischen Gedanken sind auf einmal verschwunden. Stattdessen sprüht er vor Energie, Tatkraft und Lebensfreude. Etwas von dem, was dort unten vor sich geht, hat sich auf geheimnisvolle Weise auf ihn übertragen. Er kann sich nicht daran erinnern, so etwas jemals beim Lesen oder am Bildschirm empfunden zu haben.

Eifrig arbeitet Hasegawa neben ihm auf seinem Laptop. Auf die ferne Welt weit unter sich achtet er nicht. Er hat bislang auch nicht nur für einen Moment, aus dem Fenster geschaut. Es ist ihm offensichtlich völlig gleichgültig, ob dort Sommer oder Winter ist. Hauptsache die Sonne blendet nicht so, dass er auf seinem Bildschirm nichts mehr erkennen kann. Karl wundert sich allerdings, denn als sein Blick kurz über Hasegawa Laptop gleitet, hat er den Eindruck, dass das längst der Fall ist. Doch er muss sich täuschen, denn wie oder woran sollte Hasegawa so eifrig arbeiten, wenn er gar kein Bild mehr hat. Grübelnd beobachtet ihn Karl. Für den alten Mann scheint es nur noch seinen Beruf zu geben. Länger leben, um länger arbeiten zu dürfen! Vor dem Ruhestand hätte Karl möglicherweise Verständnis für eine solche Lebenseinstellung aufgebracht. Doch jetzt erscheint ihm das alles andere als nachahmenswert, sondern vielmehr als absurd. Hochzufrieden, berufliche Pflichten und Zwänge hinter sich gelassen zu haben, will er sich endlich wieder anderen Dingen widmen, die nichts mehr mit seinen bisherigen Aufgaben zu tun haben. Er genießt es, nicht mehr in ihm aufgezwungener Routine gefangen zu sein. Keinesfalls will er, wie die meisten Menschen, stundenlang nur noch am Bildschirm haften und süchtig einer virtuellen Welt verfallen. Für all das ist ihm das Leben nun zu wertvoll geworden. Doch solche Gedanken kämen seinem japanischen Reisegefährten sicherlich nie in den Sinn. Armer Hasegawa-san!

Doch der ist offenbar mit sich und der Welt so wie sie ist vollkommen zufrieden. Nach einer Weile schaltet er seinen PC aus und verstaut ihn. „Ich hoffe ich habe Sie nicht verletzt oder beleidigt, aber jetzt muss ich mich entschuldigen." Mühsam erhebt er sich aus seinem Sitz und geht nach hinten zu den Toiletten. Eigenartigerweise kehrt er nicht mehr auf seinen Platz zurück. Karl dreht sich immer wieder nach ihm um. Vielleicht steht er vor der Galley und führt längere Gespräche mit den Flugbegleitern. Doch so sehr er sich auch den Hals verrenkt, er kann ihn nirgends entdecken. Besorgt ruft er schließlich eine Stewardess. „Haben Sie einen uralten Mann mit weißem Haar gesehen? Er hat neben mir gesessen. Seit einer Weile ist er aber spurlos verschwunden." Die Frau sieht ihn etwas eigenartig an. Sie hält ihn entweder für betrunken oder für einen nicht ernst zu nehmenden Witzbold. Offenbar hat sie sich für Letzteres entschieden. „Keine Sorge, Sie werden ihn schon wiederfinden!" Lachend ergänzt sie noch: „Wäre er aus dem Flugzeug gefallen, hätten wir das sicher bemerkt und auf den Toiletten ist uns auch noch niemand verloren gegangen." Nach der schnippischen Antwort geht sie kopfschüttelnd wieder nach hinten. Das Flugzeug kann er in der Tat nicht verlassen haben. Doch dann muss er noch irgendwo an Bord sein. Die einzige rationale Erklärung, die Karl dazu einfällt ist, dass Hasegawa sich in seiner Verwirrtheit versehentlich auf einen anderen leeren Platz gesetzt hat. Doch spätestens, wenn er seinen PC sucht, müsste ihm sein Irrtum auffallen. Von seltsamer Unruhe getrieben läuft Karl durch das ganze Flugzeug und sucht nach ihm. Das weiße Haar dürfte wohl nicht zu übersehen sein. Dennoch kann er ihn nirgends entdecken. Verstört kehrt Karl zu seinem Sitz zurück. Stunde um Stunde fliegt die Maschine auf ihrem Kurs nach Westen. Mit der zunehmenden Entfernung verblassen die letzten Bilder Asiens immer rascher und verschwinden schließlich hinter dem Horizont. Mit ihnen auch die Ahnengeister.

Und Veronique. Seit jener Nacht in Tanakas Apartment hat er sie nicht mehr gesehen. Nach wie vor hat er nicht einmal ein Lebenszeichen von ihr. Selbst wenn sie den Kontakt mit ihm vermeiden oder nicht fortführen will, hätte sie ihm wenigstens einen Abschiedsgruß senden können. Vielleicht war es doch der Altersunterschied, der ihr Interesse an ihm verlöschen gelassen hat? Was sollte sie schließlich auch mit einem alten, wenig aufregenden Mann wie ihm anfangen? Wacker bemüht er sich die schmerzenden Gedanken an sie zu verdrängen, doch es will ihm nicht gelingen. Unerschütterlich sieht er sie ständig vor sich. Noch immer kann und will er nicht glauben, dass er von einem Verhältnis mit ihr nur geträumt haben soll.

Seiner Umgebung entrückt und tief in Erinnerungen an sie versunken erkennt er in ihr plötzlich vieles von seiner Frau wieder. Vor allem vieles von dem, wie seine Frau einmal war oder wie er sie gesehen hat, als sie so alt war wie Veronique. Wurde sein Verlangen nach Veronique womöglich vor allem von der Sehnsucht getrieben, sich mit ihr seine Jugend zurückholen zu können? Doch auch Veronique wird nicht ewig jung bleiben, es sei denn, es hätte sie nur im Traum gegeben. Sicher hatte sie ihn mit Eigenschaften betört, die er sich von seiner Frau vergeblich gewünscht oder erhofft hatte. Zugleich ist er aber heilfroh, dass seine Frau manches von ihrem Charakter nicht mit ihr teilt. Sehr ähnlich, wie bei den Abenteuern sah er in Veronique eine Frau, von der er schon immer geträumt hatte. Vermutlich wäre er aber entsetzt, wenn seine Frau diesen Traum plötzlich in Wirklichkeit verwandeln würde. Dennoch erlebt er etwas sehr Eigenartiges. Trotz der signifikanten Unterschiede zwischen ihnen verschmelzen die Bilder der beiden Frauen vor seinen Augen immer mehr zu einem je näher das Flugzeug seinem Ziel kommt und je weiter Asien zurückbleibt. Verwirrt muss er sich auf einmal ständig fragen, an wen er gerade gedacht, von wem er gesprochen, wen er vor sich gesehen hat.

„Endlich kannst du nun machen, was du willst!" „Veronique?" Nein. Es ist wieder die Stimme seiner Frau, die er deutlich rufen hört und plötzlich weiß er, was er will! Er will zurück! Zurück zu seiner Frau. Zurück in seine vertraute Umgebung. Auch wenn es noch so unmöglich erscheint, mit ihr will er wieder gemeinsame Träume leben, so wie sie es am Anfang ihrer Beziehung vor langer Zeit einmal begonnen hatten.

Nicht mehr was er macht ist für ihn wichtig, sondern warum er es macht. Er will die Fehler der Vergangenheit nicht wiederholen. Nur was seinen Träumen dient zählt jetzt noch für ihn. Alles, was er hingegen nur tut, weil man es üblicherweise zu tun pflegt, oder es von ihm erwartet wird, ist für ihn bedeutungslos geworden. Schon gar nicht will er etwas tun, weil es ihm Geister, Gangster oder andere vorgeben. Es gilt seine Träume zu bewahren oder gar wiederzufinden. Träume, die ihn immer angetrieben haben, auch wenn er es im Laufe der Jahre nicht mehr gemerkt oder sie längst vergessen hatte. Träume von aufregenden Abenteuern, exotischen Plätzen, romantischen Momenten und atemberaubender Erotik. Träume von Heldentaten, Glück und Erfolg. Träume von unvergänglicher Jugend. Dabei ist ihm nun sehr wohl bewusst, dass die meisten dieser Träume für immer Träume bleiben werden. Doch er weiß jetzt, dass er es bei manchen von ihnen auch gar nicht anders will.

Die Barentssee, Sankt Petersburg, die Ostsee. Das Flugzeug hat Europa erreicht. Gelangweilt blättert er in dem Magazin der Airline bis ein besonderes Reiseangebot darin seine Aufmerksamkeit weckt: „Pilgerwanderung über einsame Gebirgspfade zu heiligen Stätten japanischer Götter und Geister". Nachdenklich betrachtet er Bilder von einer Kulturreise durch die Insel Shikoku, Bilder von grandiosen Landschaften, Bilder von Klöstern, in denen man übernachtet. Ob er mit seiner Frau eine solche Reise unternehmen sollte? Früher wäre sie davon fasziniert gewesen. Eifrig hätte sie alles darüber gelesen, dem sie habhaft werden konnte. Sie hätte fleißig Tagebuch geführt und aller Welt davon berichtet. Auch er hätte keinen Moment gezögert und auf der Karte nach den schwierigsten Wegen gesucht. Doch das Leben scheint komplizierter geworden zu sein. Wie soll seine Frau den gewohnten Kontakt zu Freunden und Nachbarn halten, wenn es im Tempel womöglich kein Internet gibt? Was, wenn seine Medikamente nicht ausreichen und sich an den einsamen Pilgerpfaden keine Apotheke findet? Wer versorgt daheim den Hund und die Blumen, fegt das Treppenhaus oder leert den Briefkasten? Vielleicht sollte er mit seiner Frau doch lieber nur gut essen gehen. Deutsch oder vietnamesisch? Verwirrt wartet er auf eine Antwort der Geister, aber die sind endgültig verschwunden. Auch in Zukunft wird er ihnen kaum noch einmal begegnen, denn er muss nicht mehr weg! Er will auch nicht mehr weg! Zweifellos hatte Hasagawa-san recht. Er ist eben kein Abenteurer.